BIZARRE BEGEGNUNGEN AM BERG

ERZÄHLUNGEN UND GEDICHTE AUS BELLWALD / OBERWALLIS

ULLA KLOMP

Herstellung und Verlag:
BoD - Books on Demand, Norderstedt
ISBN 978-3-8423-4903-2

VORWORT

Die in diesem Band vorliegenden Erzählungen und Gedichte sind 2011-14 entstanden. Sie zeigen, wie inspirierend Natur, Kultur und Geschichte der Walliser Hochgebirgslandschaft sein können.

Die Autorin bedankt sich mit dem Band „Bizarre Begegnungen am Berg" für das Stipendium, das ihr im Jahr 2011 von dem Verein www.artbellwald.ch
gewährt wurde sowie für die vielfältige Unterstützung und freundliche Hilfe, die sie während der Zeit ihres Aufenthaltes erhalten hat.

Unruhe

Eine Mure
Kerbt eine Schneise in den Wald
Gedankenfetzen, Worte
Stürzen zu Tal
Jahrmillionenalt
Reißen lang Gewachsenes mit sich
Verschütten leichthin Gesagtes
Wälzen sich schwergewichtig
Bis hin zum Fluss
Dort fließen sie mit den Wassern
Polternd davon

Manche Worte
Trotzen dem Absturz
Klammern sich fest
Gegen die Erosion
Schieben Wurzeln Sinnfäden tiefer
Bis hin zum festen Gestein
Wachsen zu Sätzen
zu Geschichten über die Bäume
die bleigrauen Gebirge
Und ihre Eisströme
Hoch über dem Blätterdach

Gebirgsbegegnung

An der Biegung des kleinen Trampelpfades, der quer durch unseren Garten zum offiziellen Wanderweg führt, tauchte in der Dunkelheit der scharfe Lichtstrahl einer Taschenlampe auf. Es geschieht selten, dass ich abends, wenn ich mit den Hunden spazieren gehe, jemandem begegne. Um diese Zeit ist für gewöhnlich niemand mehr unterwegs. Meine Armbanduhr hatte zu Hause halb zwölf gezeigt, kurz vor Mitternacht also, der Thriller im Fernsehen war so spannend gewesen, dass ich später als sonst mit den beiden Dackeln zum letzten kurzen Spaziergang aufgebrochen war.

Ich erschrak und fuhr zusammen. Automatisch zog ich die Hunde an ihren Teleskop-Leinen näher zu mir her. Wer weiß, wer mir da zu so später Stunde entgegen kam. Ich dachte sofort wieder an den Film, den ich eben gesehen hatte, an die nächtliche Verfolgungsjagd im Wald, und mich gruselte. Aber der Entgegenkommende war sicher nur ein Nachtschwärmer oder einfach jemand auf dem Gang von der Dorfbeiz nach Hause. Das Goms und seine Berglandschaften sind friedliche Gegenden. Ich hielt die Leinen kurz.

Die Dackel bellten furchteinflößend Richtung Lichtstrahl. Langsam bewegte sich der entgegenkommende Wanderer auf uns zu.

Ich zog die Tiere zur Wegseite, damit er ungeschoren passieren konnte.

Doch der wollte vorerst gar nicht vorbeigehen. Er blieb vor mir stehen und leuchtete mir mit seiner Lampe direkt ins Gesicht, danach schwenkte er sie zu den Hunden, die Quelle des entsetzlichen Lärms erkundend, um mich dann erneut erbarmungslos anzustrahlen. Ich war total geblendet und sah nichts mehr.

„N'Abend", sagte eine dunkle, etwas raue Männerstimme, „pardon, lassen Sie mich hier durch? Ohne dass ich von Ihren wilden Bestien angefallen werde?" Seine Stimme klang etwas amüsiert. „Ich kann bei diesen tiefen Temperaturen nicht so schnell flüchten, wie ich möchte. Mein Kreislauf, Sie verstehen?"

Ich kniff die Augen zusammen. Von meinem Gegenüber konnte ich rein gar nichts wahrnehmen, noch nicht einmal seine Silhouette. Meine Augen schmerzten. „Könnten Sie bitte den Lichtstrahl etwas zur Seite drehen? Sonst werde ich noch blind", sagte ich. Ich fand es ausgesprochen unfair von dem Mann, mich so direkt anzuleuchten. Er selber blieb im Dunkeln. Das einzige, was ich feststellen konnte, war, dass der Mann groß sein musste. So um ein Meter achtzig. Aus ungefähr dieser Höhe leuchtete der Lichtkegel auf mich herab, er trug offenbar eine Stirnlampe an seinem Kopf.

„Pardon", sagte der Mann jetzt wieder, wie mir auffiel, mit einer etwas schleppenden Stimme, „natürlich!" Dann strahlte der Lichtkegel nach unten auf meine Füße. Er hatte die Lampe abwärts geschwenkt. So eine Stirnlampe ist praktisch, dachte ich kurz, das ist viel besser, als eine Taschenlampe umständlich aus der Manteltasche ziehen, anknipsen und dann in einer Hand festhalten müssen. Ich versuchte, meine Taschenlampe aus dem Mantel zu kramen, aber das war mit je einer Leine in jeder Hand und den zwei wild tobenden Hunden unmöglich. Ja, solch eine Stirnlampe würde ich mir auch zulegen. Morgen schon.

Langsam und vorsichtig bewegte sich der Mann nun an mir vorbei, das konnte ich an seinen schweren Tritten im knirschenden vereisten Schnee hören. Vielleicht hatte er tatsächlich Angst, von den Hunden angefallen zu werden - das jüngere von beiden Tieren zerrte so stark an seiner Leine, dass ich es kaum noch halten konnte. Im Licht der Lampe konnte ich sehen, dass es das Fell vor Erregung gesträubt hatte. Es fletschte die Zähne, als ginge der Teufel persönlich vorbei. So hysterisch waren meine Hunde sonst nur, wenn sie eine Katze, einen großen Hund oder Wild in unmittelbarer Nähe aufgespürt hatten und ihr Jagdinstinkt anschlug.

„Verzeihung", sagte ich, „mein Hund, - ich verstehe nicht, wieso er sich so aufregt! Entschuldigen Sie! Er ist wirklich sehr schlecht erzogen, das gebe ich zu." Die Leine schnitt mir schon tief in die Handfläche, so stramm hatte ich sie jetzt angezogen. Der andere Dackel bellte nur, griff aber nicht an.

„An seiner Stelle würde ich mich wahrscheinlich auch tierisch aufregen. Er kann gar nicht anders, dazu ist sein Instinkt im Augenblick zu stark. Er ist ja, wie ich sehe, ein echter Jagdhund, etwas klein, aber gut geeignet zum Aufspüren von Niederwild", sagte der Mann mit seiner dunklen Stimme, die so klang, als laufe ein Tonband zu langsam und stockend. „Hochwild dagegen ist nicht sein Kaliber. Das würde er höchstens mit seinem Gebell in die Flucht schlagen. Auch ich bin schon drauf und dran, das Weite zu suchen!" Er lachte wieder tief aus seiner Kehle. Das klang ein bisschen wie Knurren.

Dann leuchtete er mir erneut direkt und ungeniert ins Gesicht. „Sind Sie hier in Urlaub?"

„Ja", entgegnete ich, „unser Chalet steht ganz in der Nähe oberhalb des Weges. Wir sind öfter hier. - Und Sie?"

„Ich bin hier zu Hause, so im Umkreise von zwanzig bis dreißig Kilometern", sagte die sonore Stimme, ganz heiser, wie mir jetzt schien. Wieder bekam ich eine Gänsehaut. Der Mann war mir ein bisschen unheimlich, warum, das konnte ich mir nicht erklären. „Im Sommer lebe ich in der Nähe des Fiescher Gletschers. Jetzt weiter unten, zum Beispiel hier."

Aha, der Mann hatte wohl zwei Häuser, eine Sommerhütte oben am Berg und ein Winterhaus.

„Ach", sagte ich. „Im Sommer wohnen Sie noch oberhalb von Eggen?" Dort gab es eigentlich kaum noch feste Behausungen. Aber so perfekt kannte ich mich in der Gegend noch nicht aus.

„Eggen" heißt der Weiler, den ich abends mit den Hunden immer ansteuere. Von dort aus kann ich über die Autostraße und ein paar steile Treppen zurück zu unserem Haus gelangen. Die kleine Abendrunde, so nenne ich diesen Weg. Neuerdings hat man in Eggen zwei neue Laternen installiert, dort kann es einem nun nicht mehr passieren, dass man mit seinem Gegenüber in völliger Dunkelheit, geblendet von dem erbarmungslosen Strahl einer Halogenlampe, parlieren muss.

„Wie man's nimmt", entgegnete mein immer noch unsichtbarer Gesprächspartner, „ich wohne mal hier mal dort. Je nach Jahreszeit und Lust und Laune. - Und nun muss ich weiter. Aber sicher sehen wir uns bei Gelegenheit wieder. Es wäre schön, wenn die Hunde dann weniger kläfften! Ich bin sehr geräuschempfindlich. Uf Widerluege!" Dann wurde der Lichtstrahl von mir fortgedreht und schwankte den Wanderweg entlang, mal dieses, mal jenes kurz streifend und sekundenlang erleuchtend, im Takt mit den rhythmischen Kopfbewegungen des unsichtbaren Wanderers, der sich nun langsamen Schrittes auf dem knirschenden Schnee entfernte.

Von *Wiedersehen* kann hier überhaupt keine Rede sein, dachte ich, was habe ich schon von dem Mann gesehen - so wie der sich in der Dunkelheit versteckt gehalten hat! Vielleicht hat er tatsächlich ‚was zu verstecken', ist eine zwielichtige Gestalt, die das Tageslicht scheut! Ich stand immer noch leicht unter dem Einfluss des vorhin angeschauten Thrillers. Außerdem fand ich es nach wie vor äußerst unhöflich von dem Mann mit Stirnlampe, sich visuell nicht vorgestellt zu haben. Schließlich hätte er sich die Lampe vom Kopf nehmen und sein eigenes Gesicht kurz anleuchten können, so wie er meines eine Zeitlang schamlos angestrahlt hatte. Solch ein Verhalten gehörte sich einfach nicht. Aber wahrscheinlich denkt man an so etwas nicht, wenn man selber, durch die Position der Stirnlampe bedingt, alles sehen kann, egal wie man den Kopf dreht und wendet.

Beide Hunde, nun wieder an langen Leinen, versuchten dem Mann zu folgen und rochen intensiv an seinen Trittspuren, und ich holte hastig meine Taschenlampe hervor, um den Weg abzuleuchten, den der Fremde genommen hatte. Der Lichtstrahl meiner Lampe verlor sich in absoluter Dunkelheit. Niemand war mehr zu sehen. Der Wanderer war wie vom Erdboden verschluckt. Nur ein merkwürdiger, nicht unangenehmer herber Geruch lag noch in der kalten Winterluft. Er erinnerte mich an ein Männerparfüm, das ich vor langer Zeit einmal gerochen hatte.

Ich schwenkte auf den Wanderweg ein, um meine Abendtour fortzusetzen. Die Dackel schnupperten, ruhiger jetzt, wie üblich an den vielen Spuren anderer Hunde am Wegesrand oder sie suchten nach den Fährten von Wildtieren, um ihre Markierungen abzulassen, sie markierten häufig, und dann zogen sie mich weiter.

Die paar Male, die ich schon im Wallis Urlaub gemacht habe, habe ich noch nicht viele Wildtiere gesehen. Im Sommer mal ein paar Hasen auf der Simelimatta, die sich in der Dämmerung an unserem Rasen gütlich taten, im Herbst eine vor meinen kläffenden Hunden flüchtende Hirschkuh, die quer über die Straße talabwärts gesprungen war; ein andermal im Schein meiner Taschenlampe das Licht reflektierender Augenpaare zweier mittelgroßer Tiere, vielleicht von Rehen, die in dem Waldstück unseres Nachbarn Deckung gesucht hatten, - je zwei grellweiße Punkte in der Dunkelheit der Nacht, die mir unbewegt aus der Ferne entgegen starrten - und ein paar verirrte Mäuse in unserem Haus, wenn man diese auch als Wildtiere bezeichnen darf.

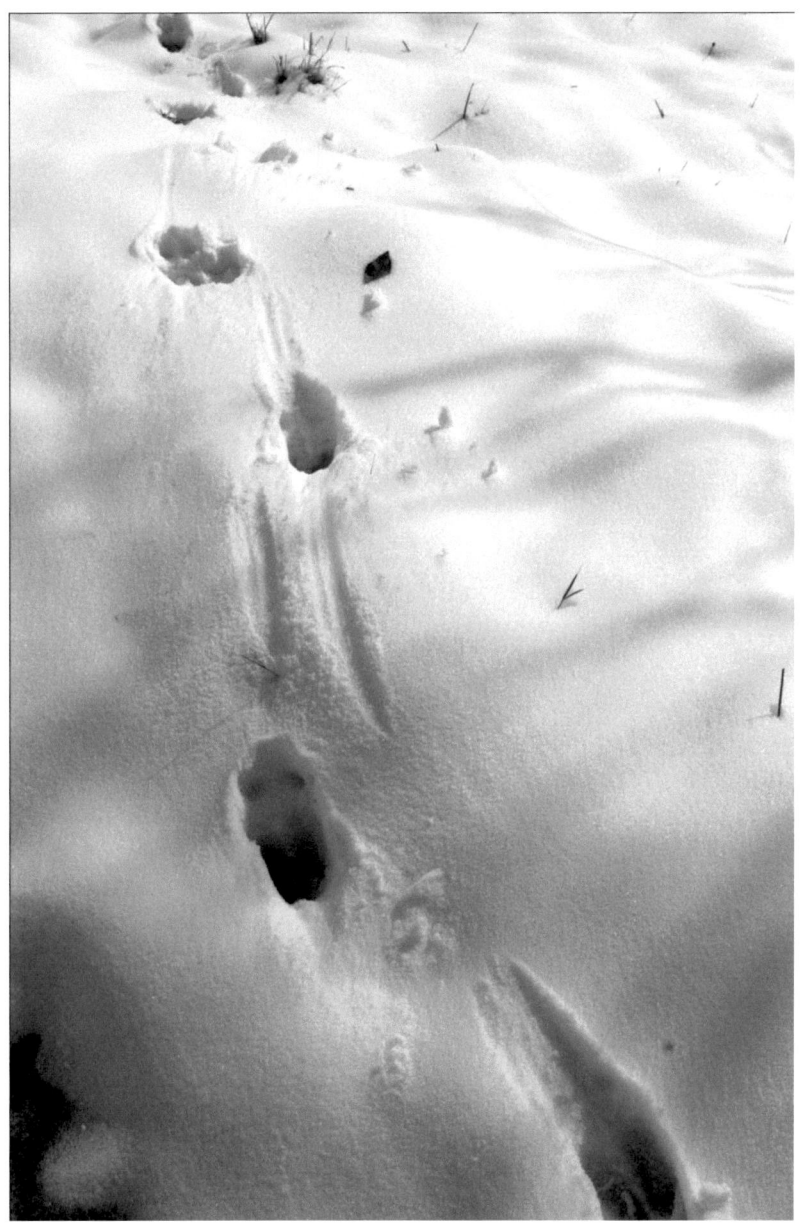

Ich näherte mich dem nahen Weiler. Dort war alles schon dunkel, bis auf die neuen Laternen und die Fenster in der Wohnung des pensionierten Pfarrers. Vielleicht hielt er zur Nacht noch Zwiesprache mit seinem Herrgott.

Der Himmel war schwarz. Kein Stern, kein Mond waren zu sehen. Die Schneeflächen der Landschaft reflektierten nur ein schwaches Restlicht, das in der Atmosphäre noch vorhanden sein musste. Es war bewölkt oder neblig, Genaueres konnte ich nicht ausmachen. Da zogen die Hunde plötzlich wieder an den Leinen und liefen seitlich des Weges zu einer Baumgruppe. Dort witterten sie so intensiv, dass ich sie schließlich energisch wegziehen musste, um die abendliche Runde endlich abzuschließen. Ich war müde. Den herben Geruch von eben, der auch hier wieder am Wegesrand in der Luft hing, nahm ich nur noch unterbewusst wahr. Dann ließ ich mir von meinen Hunden die Richtung nach Hause weisen. Sie kannten den Weg.

Es war ein paar Tage später. Wieder musste ich nach dem Abendfilm des Fernsehprogramms den üblichen Abschlussspaziergang absolvieren. Manchmal fand ich es lästig, in der Dunkelheit noch das Haus zu verlassen, vor allem, da das Gelände für jemanden, der wie ich aus dem norddeutschen Flachland kommt, ungewohnt gebirgig und unwegsam ist. Das hatte sich jedoch seit der denkwürdigen Begegnung geändert. Nun ging ich abends plötzlich gerne nach draußen, - ich hoffte darauf, den mysteriösen Fremden wiederzutreffen.

Der Geruch war mir nicht aus der Nase gegangen. ,Die männlich herbe Note', so heißt es bei Parfümexperten. Mein Mann parfümiert sich fast nie, außer vielleicht zu Weihnachten. Ich verstehe nicht viel von Männerparfüm. Bisher hatte ich den Geruch nicht identifizieren können. Aber wenn er irgendwo in der Luft hing, erkannte ich ihn sofort wieder. In den letzten Tagen hatte ich ihn merkwürdigerweise häufiger gerochen. Manchmal so intensiv, als sei der Mann – oder jemand mit einem ähnlichen Parfüm - gerade vor uns an dieser Stelle gewesen. Auch heute hing er deutlich wahrnehmbar zwischen den Zweigen der hohen Lärchen am Ausgang des Gartens zum Wanderweg. Ich nahm Witterung auf. Der Mann musste in der Nähe sein.

Es hatte während der letzten Nacht kräftig geschneit. Ungefähr fünfzehn bis zwanzig Zentimeter hoch lag die Schneedecke über den Eisresten des Altschnees auf dem Trampelpfad, der durch den Garten abwärts führt, und hier und dort konnte ich im hellen Schein meiner neuen Stirnlampe Spuren von Tieren entdecken, die den Pfad bei der abendlichen Suche nach Futter gekreuzt hatten.

In frischem Neuschnee kann man wie in einem Buch lesen, wenn man sich die Mühe macht und genau hinschaut. Die noch lockeren ungeschichteten Schneekristalle verraten dem Verfolger jeden Schritt, jede Bewegung auf dem Weg und vom Weg fort. Man kann sie deutlich entziffern, die kräftigen „be*spike*ten" Stiefelspuren der Menschen, die unterschiedliche Vielfalt der Profilsohlen mit Anti-Rutschwirkung, Gummisohlen mit Noppen, Spikes, oder mit Schneeketten bespannt, dagegen die filigrane kurze Trittschrift zarter Vogelfüße, die Sprungspuren der Hasen, schwach erkennbare Katzenpfoten-Abdrücke, nur leichte Dellen im Schnee, und dann sind da manchmal noch diese merkwürdigen großen Trittlöcher in unserem Garten, die stets mein besonderes Interesse finden, nein, keine Fußspuren von Menschen, dafür sind sie zu tief, die Abdrücke der Füße auf dem Grund nicht sichtbar. Mächtige, schwergewichtige Wesen haben sich hier ihren Weg gesucht.

Es war schon nach Mitternacht. Die tiefen Trittspuren, die den Pfad kreuzten und zu unserem Gartenhaus führten, entdeckte ich sofort, und ich war fast sicher, dass es sich um Hirschspuren handeln musste, die jetzt, im Winter, nahe bei den Häusern in den Gärten nach Essbarem suchten. Die Rinden der Obstbäume sind für Hirsche eine Delikatesse. Aber auch Eicheln, Bucheckern und die zarte, frisch nachgewachsene Haut der Kiefern, die sie oft schon im Jahr zuvor zwangsgeschält haben, um ihren Hunger zu stillen. Je höher der Schnee liegt, umso weiter kommen sie aus dem Gebirge herunter in die Täler, wo die Schneedecke nicht so dick ist und sie Büsche und Boden mit ihren Paarhufen freischarren können. Ich nahm mir vor, den Mann mit der Stirnlampe einmal nach diesen Hirschen zu fragen, wenn ich ihn wiedertreffen würde. Er kannte sich sicher aus. Er war ein Einheimischer.

Als wir an diesem Abend zum Geräteschuppen kamen, erschrak ich. Die Holz-Pfosten, die mein Mann im Herbst zur Stütze des Gartenhaus-Daches gegen die zu erwartende Schneelast aufgestellt hatte, sahen im grellen Halogen-Licht erbärmlich aus. Ihre Rinde hing in Fetzen herab oder war total entfernt worden; die weißlich leuchtenden Stämme wirkten wie gehäutete vom Fleisch befreite Knochen. Und überall diese tiefen Spuren im Schnee! Die Dackel rannten aufgeregt zum Schuppen, mal nach

rechts, mal nach links, dann wieder zurück. Erschrocken folgte ich ihnen. Hatte ich nicht in der letzten Nacht ein merkwürdiges hörnernes Schaben und Schlagen von Geweihen gehört? War es nicht aus der Richtung des Geräteschuppens gekommen? Neugierig hatte ich vor Kälte zitternd minutenlang im Schlafanzug auf dem oberen Balkon am Schlafzimmer gestanden und in die stockfinstere Dunkelheit hinausgespäht. Außer zwei mächtigen Schatten hatte ich nichts sehen können. Ein Nachtsichtgerät hätte vielleicht geholfen, doch wir besaßen nur Tageslicht-Ferngläser.

Wir gingen weiter. Meine neue Stirnlampe beleuchtete den Weg perfekt. Ich konnte die Neigung des Lichtkegels durch Drehung verändern. Mal konnte die Lampe den Weg unmittelbar vor mir hell beleuchten, dann wieder seinen Verlauf weiter entfernt. Ich hatte mir die Lampe direkt am Tag nach der eindrucksvollen Begegnung gekauft. Leider hatte sie manchmal Aussetzer, vielleicht hatte ich die Batterien noch nicht ganz korrekt eingesetzt und sie waren etwas verrutscht oder verklemmt. Ich nahm mir vor, das ganze System noch einmal genauestens zu kontrollieren.

Als ich oberhalb von Eggen an der Biegung des Weges angelangt war, dort, wo sich tagsüber die Aussicht auf die Matten und den Weiler öffnet, flackerte meine Stirnlampe erneut und erlosch. Schon wieder, zu ärgerlich! Ich blieb wie angewurzelt stehen, da ich nicht mehr die Hand vor Augen sah, und wollte gerade die Lampe vom Kopf nehmen, um den Batteriekasten zu öffnen, - da tauchte *er* wieder auf! Der große Unbekannte! *Das musste er sein*! Eine andere Stirnlampe näherte sich, langsam auf und ab schwankend. Wer sonst war schon um diese Nachtzeit unterwegs! Ich rüttelte an meiner Lampe. Nichts. Kein Lichtstrahl, noch nicht einmal eine Sekunde lang. Wieder stand ich ohne Licht in der dunklen Landschaft, es war dicht bewölkt, und kein gnädiger Mond ließ sich sehen, der alles, auch entgegenkommende Wesen, wenigstens schwach beleuchtet hätte!

Der jüngere der Dackel ließ sofort ein drohendes Knurren ertönen.

„Heute Abend kein Bellen? Wie tierfreundlich", sagte die bekannte Stimme. Das weiße Halogen-Licht blendete mich.

Nein, kein Bellen ertönte. Vorsichtshalber hatte ich den Hunden diesmal die praktischen Antibellhalsbänder umgebunden, die, im Falle einer Lautäußerung, leichte elektrische Warnimpulse abgaben. Das brachte sie schnell zur Ruhe.

Die Stimme war noch immer heiser, sehr tief und gutural. Und auch dieser Duft war wieder da! Ich zog tief die Luft ein. Fast kam es mir vor, als würde ich einen alten Bekannten treffen. Dabei wusste ich noch nicht einmal, wie dieser aussah. War er jung, war er alt, sah er attraktiv aus, war sein Gesicht unfreundlich oder freundlich, hatte *er überhaupt ein Gesicht*?

Ein leichtes Frösteln verriet mir, dass ich Furcht bekam. Aber die wollte ich mir nicht anmerken lassen. Ich machte einen Schritt auf mein Gegenüber zu. Da trat der Mann hastig zurück, ungewohnt schnell, während er sich sonst hörbar langsam bewegte.

„Tun Sie mir bitte einen Gefallen und machen Sie endlich diese Lampe aus", sagte ich. „ich kann *Sie* überhaupt nicht sehen - und

Sie beleuchten *mich* wie einen Bühnenstar! Das ist unfair! Ich finde, man muss seinen Gesprächspartner beim Sprechen anschauen können, seine Gesten, seine Mimik, seine Körperhaltung! Ich bin neugierig, wer sind Sie, verdammt noch mal!"

Ich ärgerte mich, gleichzeitig fühlte ich mich aber auch von dieser unsichtbaren dunklen Gestalt, dem herben Geruch, den langsamen lasziven Bewegungen des Mannes und dem Klang seiner Stimme angezogen. „Attractive", anziehend. Unbekanntes ist oft für uns anziehend, es macht neugierig, es ist spannend, weil es noch alle Möglichkeiten des Seins verspricht, noch alle geheimen Wünsche erfüllen kann.

„So sehenswert bin ich auch wieder nicht", sagte die Stimme des Mannes freundlich, und mir schien, als kaue er etwas. Es roch nach frischen Zweigen und ein wenig nach Harz. Ich konnte hören, dass er ein leichtes Rülpsen unterdrückte.

„Man muss nicht immer alles *sehen*. Mein Anblick würde Sie vielleicht sogar erschrecken." Er lachte heiser. „Es gibt Wichtigeres als das Sehen. Zum Beispiel das Riechen, das Fühlen, das Schmecken. Wir besitzen außer dem Sehen so viele Sinne... Schmecken Sie zum Beispiel die Schneeluft? Für heute Nacht ist schon wieder neuer Schneefall zu erwarten. Fühlen Sie die Kühle der nahen Gletscher? Können Sie hören, wie es vom großen Aletsch-Gletscher tönt, - das Knistern und Knacken der Gletscherspalten, sein langsames Fließen? Das Rasseln der Kiesel und das Poltern der großen Steinblöcke im Bett des Wysswassers? Riechen Sie den würzigen Harz der Lärchen und Fichten hinter Ihrem Rücken?" Ich hörte, wie er tief die Luft einsog. „Ich schalte zum Beispiel nur selten meine Stirnlampe ein, eigentlich nur, wenn mir jemand entgegenkommt. Sonst kann ich mich hervorragend in der Dunkelheit orientieren. Ich liebe es, in der Finsternis durch die Berge zu stapfen. Die meisten Menschen aber müssen immer sofort alles sehen. Dabei ist das nicht das Entscheidende im Leben."

Einen Moment lang hatte ich das Gefühl, als hätte mich sein Arm gestreift - oder aber war es sein Mantel? Er war aus kräftigem Fell, ein Pelzmantel offenbar, eigentlich untypisch für Männer, aber in dieser Jahreszeit und bei den augenblicklichen Temperaturen war es nicht verwunderlich, dass sich auch Männer warm anziehen wollten.

„Ja, natürlich", sagte ich, „das alles kann ich auch riechen, schmecken, hören und fühlen, wenn ich mich konzentriere. Aber das Sehen ist mir persönlich wichtiger!" Ich hatte meine Stirnlampe abgenommen und versuchte sie wieder einzuschalten. Sie glühte den Bruchteil einer Sekunde auf, dann erlosch sie wieder. Mit meinen klammen Fingern öffnete ich den Batteriekasten an der Rückseite der Halterung, um zu fühlen, ob die Batterien sich wieder leicht verschoben hatten, da fiel mir eine von ihnen heraus und versank zu meinen Füßen im Schnee. Weg war sie! Nun waren weitere Bemühungen um Licht sinnlos. Ich hörte noch nicht einmal ihren Aufschlag auf dem Boden.

Mein Gegenüber hatte meine vergeblichen Versuche mit der Stirnlampe beleuchtet, jetzt aber klappte der Mann die Lampe nach oben und schaltete sie dann aus. Dann standen wir beide in völliger Dunkelheit da. Schweigend. Er näherte sich. Das konnte ich an seinem Atem merken. Der herbe Duft, vermischt mit dem Geruch nach frischem Harz, war plötzlich ganz intensiv. Er witterte. Wollte er meinen Geruch aufnehmen? Ich hatte mich nicht parfümiert, das lohnte sich so spät am Abend nicht mehr.

„Entschuldigen Sie, ich muss jetzt los, der Duft meines Abendessens zieht mir verführerisch in der Nase," flüsterte er. Das klang banal. Aus irgendeinem Grund hatte ich einen anderen Satz erwartet.

Der Mann schnaubte, als nehme er Witterung auf. Oder war er erkältet? Ich konnte keinerlei verlockende Essensgerüche mit meiner Nase auffangen, die örtlichen Hotels lagen dafür zu weit entfernt, der Kochgeruch, der aus den Fenstern ihrer Großküchen strömte, war hier nicht mehr wahrnehmbar. Oder vielleicht hatte der Mann eine besonders feine Nase? Ich roch absolut nichts Essbares. Weder Röstis noch gebratene Holzfäller-Steaks.

„Also denn, Salut", sagte der Mann jetzt etwas lauter, „ich wünsche eine angenehme Nachtruhe. Ade!"

„Moment, so warten Sie doch! Ich würde Sie gerne mal zu einem Glas Wein einladen! Als Nachbarn, und wir sind doch offenbar welche, sollten wir uns mal zusammensetzen. Das ist gemütlicher als immer nur hier in der Dunkelheit kurz ein paar höfliche Sätze auszutauschen! Sie als Einheimischer können uns sicher viel über das Wallis erzählen. Darf ich Sie mal anrufen? Wie ist Ihr Name?"

Der Mann war schon ein paar Schritte weiter gegangen, aber nicht, wie ich erwartet hatte, in Richtung Dorf, wo die Restaurants liegen, sondern in die entgegengesetzte Richtung. Vielleicht wollte er stattdessen wieder nach Hause, wo eine warme Mahlzeit auf ihn wartete.

„'Hirschi' ist mein Name, so wie ‚Hirsch', nur mit einem i am Ende! Meine Familie, die Familie ‚Hirschi' ist hier in der Gegend seit über anderthalb Jahrhunderten ansässig, nachdem sie Anfang des neunzehnten Jahrhunderts beinahe ausgestorben war", sagte der Mann.

Ich musste lachen. „'Hirschi'? Das klingt ja lustig! Der Name passt gut in diese Gegend!"

„Ja, Sie haben Recht. ‚Hirschi tönt lustig. Es heißt ‚Hirschlein'. Jeder war schließlich einmal klein!" Mit dieser Bemerkung spielte er wohl auf seine jetzt stattliche Größe an. „‚Hirschi' ist wirklich ein überaus passender Nachname für das Oberwallis. Überhaupt – in der ganzen Schweiz gibt es zahllose Familien mit diesem Namen. Es sind Tausende, vor allem, wenn man noch die Personen mit dem Namen ‚Hirsch', Hirschberg', ‚Hirschfeld' et cetera hinzuzählt."

„Es ist ein sehr naturverbundener Name", sagte ich.

„Ein Hirsch ist natürlicherweise sehr naturverbunden, so wie der Bär, der Fuchs, der Wolf, das Schäfli, das Vögeli. Auch das sind bekannte Schweizer Familien-Namen. Insgesamt ist die Natur, die Flora und Fauna so groß, so gewaltig und prägend für die

Menschen, die hier wohnen, dass sie sich gerne mit ihren Namen schmücken."

„Wie interessant! Wir sollten uns unbedingt einmal treffen. Rufen Sie uns doch mal an!"

Ich nannte ihm unsere Telefonnummer. Ob er sie behalten würde?

„Natürlich komme ich gern mal auf ein Plauderstündchen bei Ihnen vorbei. Beim nächsten Mal können wir eine Zeit ausmachen. Ein Abend wäre mir angenehm. Ich bin eher der nachtaktive Typ, wenn Sie wissen, was ich meine. Bis dann! Salut!"

Gemessenen Schrittes entfernte er sich, wieder hing dieser einprägsame Duft in der Luft. Die Hunde zerrten an den Leinen, sie versuchen, dem Mann hinterher zu laufen, sie bellten aber nicht.

Herr Hirschi. Ich beschloss, seinen Namen und seine Telefonnummer im Telefonbuch zu suchen, damit ich dann nach Rücksprache mit meinem Mann einen Einladungstermin vereinbaren konnte. Mir fiel dabei ein, dass wir immer noch nicht mit Adresse und Telefonnummer im Telefonregister standen. Ich wartete auf die Genehmigung meines Antrages bezüglich einer Aufenthaltsbewilligung, danach würde ich mich im Ort als Neubürgerin registrieren und auch den Eintrag im Telefonbuch vornehmen lassen.

An diesem Abend ahnte ich noch nicht, dass ich den Herrn Hirschi nie wiedersehen würde.

Das heißt, vielleicht sah ich ihn wieder, vielleicht war *er* es auch nicht, sondern ein anderer, der ihm ähnlich gesehen haben muss, den ich zufällig acht Monate später in einem kleinen Lastwagen am Straßenrand entdeckte. Aber das ist nur eine Vermutung. Ich wusste ja überhaupt nicht, wie er wirklich aussah, ich hatte mir in meiner Fantasie zusammen mit den wenigen Fakten, die ich kannte, nur ein Bild von ihm gemacht, wie seine Figur war, dass er zum Beispiel in etwa mein Alter hatte und groß und kräftig gebaut war. Seine dunkle männlich raue Stimme passte gut zu diesem Bild. Er war eindeutig naturverbunden, auch das fand ich anziehend, und er besaß, abgesehen von der Weise, mich manchmal mit seiner aufdringlich grellen Stirnlampe anzuleuchten, eine freundliche zurückhaltende Art. Auch sein Geruch war anziehend gewesen, sehr maskulin.

Seinen Namen hatte ich übrigens leider nicht im Telefonverzeichnis des Dorfes gefunden, nur zwei Familien mit dem Namen Hirschmann, aber das heißt nichts, manche Dorfbewohner geben im Telefonbuch nur den Chalet-Namen und ihre Telefonnummer an, vielleicht, um ihre Privatsphäre zu schützen.

Zuerst war ich maßlos enttäuscht, dass ich Herrn Hirschi nicht mehr traf. Jeden Abend, wenn ich mit den Hunden die Abschlussrunde ging, hoffte ich, dass er uns begegnen würde. Diesmal würde ich ihn festnageln, einen Termin für einen Nachbarschaftsbesuch ausmachen, - die Stirnlampe funktionierte nach den Anfangsschwierigkeiten endlich perfekt, er würde mir also nicht mehr ungesehen entkommen können!

Eine lange Zeit kreuzte niemand mehr unseren Weg. Nur einmal traf ich eine Frau mit Taschenlampe, sie sagte „Hoi, hoe gaat het?" und ich antwortete „Bedankt, heel goed", aber außer dieser holländischen Touristin begegnete ich so spätabends niemandem mehr. Manchmal roch es allerdings hier und da intensiv nach diesem herben Duft, den übrigens auch die Hunde immer sofort wahrnahmen und begierig mit den Nasen aufzuspüren versuchten.

Der Winter ging, der Schnee verschwand langsam auch, der Garten, eigentlich eher ein Naturgrund ohne Zäune, tauchte wieder auf, von Mäusen und Maulwürfen zerwühlte Rasenflächen, vom Schnee talabwärts gedrücktes langes, durch Dunkelheit, Kälte und Schnee verblichenes Hanggras, vom Rotwild angenagte und zerfressene Büsche, Rosenstöcke und abgerindete junge Bäume und Äste; der Apfelbaum war bis zum dünnen Stämmchen abgefressen, die junge Kiefer ebenso, nur noch hässliche Stümpfe waren von ihnen übrig, - insgesamt der übliche Schwund des vergangenen harten Winters und späten Frühlings. Die Hirsche hatten sich wieder Richtung Wysswasser-Schlucht und weiter hoch Richtung Fiescher Gletscher verzogen, dort war ihr Schongebiet, von dem aus sie im Sommer bis in Höhen von 2700 Metern kletterten, wenn es das Gelände zuließ.

Wieder hatten wir keinen einzigen ‚König der Alpen', wie der Hirsch genannt wird, während des Winters sichten können. Mein Mann war maßlos enttäuscht, denn Spuren, die anzeigten, dass Rotwild in der Nähe, sogar in unserem Garten gewesen war, hatten wir zuhauf gefunden: Hirschlosung auf dem Trampelpfad zum Haus, zahlreiche Hufabdrücke am Gartenhaus und an den

Hochbeten, wo die Hirsche wahrscheinlich im Verein mit den Mäusen des Gartens sämtliche Tulpenzwiebeln aufgefressen hatten, wir hatten Ende Februar sogar ein halbes frisch abgefallenes Geweih hinter dem Gartenhaus gefunden, das jetzt eine unserer Außenlampen am Haus bekrönte, einer meiner Hunde hatte es entdeckt und als Trophäe stolz herbei geschleppt, und wir hatten es sogar *gehört*, dass sie in besonders kalten Winternächten die Rinde von unseren Gartenbäumen abgeschlagen hatten, aber gesehen hatten wir nichts. Das Nachtsichtgerät, das wir inzwischen gekauft hatten, war schon vor der ersten Benutzung kaputt gegangen, weil ich es bei hellem Sonnenlicht untersucht, die Batterien montiert und natürlich auch neugierig einmal den Objektivdeckel abgenommen hatte und den großen Aufdruck auf der Gebrauchsanweisung „WARNUNG, NIE BEI TAGESLICHT ZU ÖFFNEN" erst ganz am Schluss entdeckte.

Es war sieben Monate später im Herbst, genauer gesagt Anfang Oktober. Morgens fuhren kleine Lastwagen mit leerer offener Ladefläche aus den Dörfern in die Wälder, wo sie in den Parkbuchten abgestellt wurden und mehrere Jäger ausspuckten. Die Jagdsaison hatte begonnen, die Jagd auf Hochwild, damit waren Hirsche, Steinböcke und Gämsen gemeint, war freigegeben. Die Abschussquote war auf ungefähr viertausend Hirsche landesweit festgesetzt, rund zweitausend sollten im Wallis erlegt werden.

Die Jäger zogen in Kleingruppen los, bewaffnet mit ihren Flinten, in der Hoffnung, mit dem sogenannten kapitalen Hirsch im Schlepp, natürlich mausetot geschossen, zurückzukommen. Das Fleisch landete dann in den hiesigen Metzgereien, die es frisch zerlegt an die einheimischen Hotels und Restaurants verkauften, wo saisonale Wildgerichte auf den Speisekarten standen. Hirsch-ragout, Hirschsteak, Hirsch-Entrecôte mit Knödeln, mit Maronen, mit Nudeln, mit Preiselbeeren und ähnlichen Leckereien. Natür-lich kauften auch die Touristen Hirschkoteletts oder Hirschgu-lasch, frisch, wenn sie Glück hatten und zur rechten Zeit kamen, oder tiefgefroren, und bereiteten sie dann nach im Internet ge-fundenen Rezepten oder denen von Betty Bossi zu, der nicht real-existenten Köchin und Kochbuchautorin einer bekannten Schweizer Supermarktkette.

Jetzt also war Hochwildjagd, das Niederwild war später dran. Mehrmals am Tag hörte man die Schüsse durch das Tal schallen, unser über achtzigjähriger Nachbar ging nicht mehr ohne seine rote Schirmmütze wandern, denn es seien, wie er behauptete, schon einmal Kugeln über seinem Kopf entlang gepfiffen, die Jäger würden gerne manchmal morgens schon einen kippen, zur Anregung, und bei der Rückkehr zur Feier des Tages noch einen, und dann wären sie in fröhlicher, unkontrollierter Stimmung und würden leichtsinnig durch die Gegend ballern. Auch die Hunde-besitzer achteten während der gesamten Jagdzeit darauf, dass ihre Tiere nicht ohne Leine durch die Gegend streunten, damit sie, je nach Größe, nicht versehentlich für Wildschweine oder Hasen gehalten und ebenfalls abgeschossen würden. Bei meinen Zwergdackeln war während der Hochwildjagd und auch sonst keine Gefahr im Verzuge. Ich hielt sie eh immer an der Leine, weil sie nicht nur saisonal sondern das ganze Jahr hindurch in lustiger Jagdstimmung waren, allein der Vererbung und Triebe wegen.

Mittags oder nachmittags, je nach Jagdglück, standen dann die kleinen Lastwagen wieder am Straßenrand, diesmal aber in den Dörfern, die neugierigen Dorfbewohner samt den glücklichen Jägern begutachteten die Beute und machten sie zum Gesprächsstoff des Tages.

Ich ging, wieder einmal auf einem Hundespaziergang, näher an die Ladefläche eines dieser Kleinlaster heran, aus der zwei große Geweihe majestätisch herausragten, - und da roch ich ihn wieder, diesen männlich-herben Geruch, der mir inzwischen vertraut war. Ich reckte mich, um über die Ladeklappen zu schauen, dort lag sie, die Beute, es waren die Leiber zweier mächtiger Hirsche, jeder sicher um die 200 Kilogramm schwer. Die Tiere starrten mit glasigen toten Blicken an mir vorbei in den Himmel. Erschrocken von dem fremdartigen Anblick und dem vertrauten Geruch berührte ich vorsichtig den Körper des einen, sein Fell, strich darüber hinweg, und plötzlich ahnte ich es, ja, so konnte es sein, das war vielleicht die Erklärung, die ich lange für meine Fragen gesucht hatte! Das hier konnte *er* gewesen sein, Herr Hirschi, diesen Pelzmantel gegen die winterliche Kälte und den Geruch, der von dem Tier ausströmte, glaubte ich zu erkennen, diesmal allerdings erschreckend gewürzt mit dem Geruch von Angstschweiß und langsam erkaltendem Blut. Ich schätzte die Größe des Tieres auf ungefähr 1,50 Meter Schulterhöhe, mit Hals und Kopf und Geweih konnte er gut über 1.80 Meter groß sein.

Mich ergriff ein merkwürdiges Gefühl, fast möchte ich es als ,Trauer' bezeichnen, die Trauer, jemanden oder etwas nicht kennengelernt zu haben und auch nie kennenzulernen. Die Trauer, nur kurz hinter die Realität geschaut zu haben, ohne den Schritt über die Grenze zu machen und dort zu verweilen, um zu etwas Unbekanntem vorzudringen, zu dem, was *hinter der Landschaft und jenseits der Begegnungen* ist. Dieser „Herr" Hirsch, vom Berg in einem Lastwagen schnöde herab gekarrt, war tot. Er war gestorben, ohne dass ich ihm begegnet war.

Ich würde Herrn Hirschi nie wieder treffen, den Spaziergänger mit der mächtigen Gestalt, der sich selbst als nachtaktiv bezeichnete, über seinen schwachen Kreislauf im Winter klagte und der wie im Trance den Wanderweg entlang gestapft war. Nie wieder seine raue Stimme hören, die tief aus der Kehle tönte. Er war für mich so präsent gewesen, so menschlich, und hätte ich damals zufällig in einer Mondnacht die Umrisse eines großen Geweihs über seinem Kopf gesehen, hätte ich dieses *niemals* für ein Hirschgeweih, sondern eher für die großen knorrigen Äste eines Baumes gehalten.

Herr Hirschi, mein Nachbar von weither. Vielleicht hatte ich ihm heute endlich ins Gesicht gesehen. Nur - wem hätte ich ernsthaft von ihm erzählen können?

PS: Der herbe Geruch ist übrigens Moschus gewesen. Ich habe ihn später in einem Deodorant einer bekannten Körperpflegeserie für Männer wiedererkannt.

Nest im Kopf

Nesthocker
Gedankengestrüpp
Verdichtet verflochten
Krallt sich fest
im Wort-Labyrinth
Will niemals ans Licht

Nestflüchter
Lässt sich lustvoll fallen
Ins hohe Gras
Verbündet sich dort
Mit Blütenblättern Bienen
Und Schnecken ohne Haus

Folgt irgendwann
Einer Vogelfeder
Die der Wind fortträgt

DER SCHLÜSSEL
ODER
Frauengeschichten

„Ich bin auf der Suche nach einer Geschichte", hatte Annemi Jessen der Bibliothekarin in der Mediathek der nahen Stadt verkündet, zu der sie morgens gefahren war, um ein paar Bücher zur näheren Information über den Kanton, seine Geschichte, Landschaft und Bevölkerung auszuleihen. Die Bibliothekarin hatte sie zuerst ungläubig angestarrt. „Ach!", hatte sie dann gesagt und gelacht. „ Nach *einer* Geschichte? Hier?? Hier gibt es *Tausende* von Geschichten! Suchen Sie sich eine aus! Hier haben Sie die große Auswahl." Danach hatte sie Annemi in das Untergeschoss verwiesen, wo Walliser Literatur und Texte aller Art versammelt waren. „Viel Erfolg!"

Dass Annemi Jessen auf der Suche nach einer *eigenen* Geschichte war, einer, die von ihr erst noch geschrieben werden musste, hatte sie vorsichtshalber nicht verraten. Das wäre sicher zu kompliziert zu erklären gewesen. Um diese Geschichte zu finden, war sie für zwei Monate in das höchste Bergdorf der Umgebung gereist. Ihre Geschichte konnte überall sein: in einem von einer Mure zerstörten Tal. Auf den hohen Bergen mit ihren Gletschern. In einer Ski-Hütte am Aletsch. In der Gondel einer Liftstation oder am Tresen einer Tourist-Information. Hinter den dicken Holztüren und Fensterläden eines alten Holzhäuschens. Annemi war auf der Suche wie ein Mineralien-Sammler nach einem seltenen Bergkristall.

In den Bücherregalen des Untergeschosses war sie auf ein kleines Buch gestoßen, das exponiert vor einer Reihe anderer Bücher gestanden hatte und sich zur näheren Einsichtnahme geradezu anbot. Es trug den Titel ‚Gully-Marie'. Der Untertitel war besonders groß gedruckt. ‚Geschichte einer Mörderin'. Schon wieder ein reißerisch aufgemachtes ‚Frauenthema', hatte Annemi gedacht. Das Phänomen, dass Frauen die Kinder, die ihre Körper lust- und kunstvoll produziert hatten, umbrachten, Embryonen, Föten, ungewollte Säuglinge, störende Kleinkinder, gab es auch in der Gegenwart noch, in der Presse tauchten, in letzter Zeit wieder häufiger, mit trauriger Regelmäßigkeit entsprechende aktuelle Artikel auf.

Dieses Buch behandelte jedoch einen alten Fall von Kindsmord, auf der Rückseite des Covers war die Jahreszahl 1824 angegeben. Am ersten Juni jenen Jahres hatte die Hinrichtung der ‚Gully-Marie' stattgefunden. Annemi hatte sich sofort von diesem Datum, dem Tag, angesprochen gefühlt. Der erste Juni war ihr Geburtstag. Ereignisse, die an diesem Tag stattfanden, berührten sie immer persönlich, versprachen eine Art von Verwandtschaft oder drohten diese an. Anders konnte sie dieses Phänomen nicht erklären. So hatte sich ihr zum Beispiel tief eingeprägt, dass eine amerikanische Schauspielerin, die wie sie am ersten Juni geboren worden war, sich mit 36 Jahren das Leben genommen hatte. Und auch der Vorname der Gully-Marie hatte sie irritiert. Marie. Den Namen hatten sie gemeinsam. Annemi war eine Abkürzung von Anne-Marie.

Da hatte Annemi beschlossen, das Buch auszuleihen.

Die Bibliothekarin, die die Ausleihe registriert hatte, hatte ihr erzählt, dass das Buch ein kleiner lokaler Bestseller sei, fast schon ein Krimi oder Heimat-Thriller, wenn man so wolle. Mörderinnen seien heutzutage besonders interessant, das sehe man an den vielen Kriminalfilmen, die produziert würden, und an den zahllosen Hexen und Vampiren, die durch Filme und Bücher geisterten, ebenso; ja, es gebe einen regelrechten Hexen-Boom, und wenn die Frau Jessen Bücher über Hexen ausleihen wolle, müsse sie sich vormerken lassen. Die Warteliste sei ziemlich lang. Annemi würde dann per Mail von der Bibliothek Bescheid bekommen, wann das entsprechende Buch verfügbar sei. Im übrigen wäre die Gully-Marie, wenn sie früher, das heißt im Mittelalter gelebt hätte, garantiert auch als Hexe verbrannt und nicht ‚nur hingerichtet' worden. Ihr Kind wäre spurlos verschwunden, wie weggehext gewesen, seine Leiche hätte man nie gefunden.

Annemi hatte sich für das wortreiche Angebot der Bibliothekarin bedankt und gesagt, dass eine Reservierung für sie nicht nötig sei. Sie wisse Bescheid über Hexen, vor allem über moderne, sie habe zum Beispiel vor, sich in zwei Tagen im Aletschgebiet die alljährliche Hexenabfahrt anzusehen, aus dem Tourismusbüro habe sie erfahren, dass sich über 600 Teilnehmer gemeldet hätten, das würde ihr, was Hexen betreffe, von der Menge her wirklich reichen, und dann hatten beide gelacht, die Bibliothekarin und Annemi Jessen, und Annemi hatte das Buch ‚Gully Marie' in ihrem Rucksack verstaut und die Bibliothek verlassen. Danach war sie in ihr Auto gestiegen und auf schmalen Straßen mit vielen Serpentinen höher und höher in die Bergwelt gefahren, bis sie wieder das Dorf erreicht hatte, das nun für zwei Monate ihr Domizil sein sollte. Es lag auf einer weitläufigen, zum Rhônetal

hin abfallenden Moräne, ungefähr 1600 Meter hoch. Erst Mitte des letzten Jahrhunderts hatte das Dorf durch den Bau eines Gondellifts und später durch eine Autostraße den Anschluss an die anderen Dörfer des Goms gefunden.

Annemi war fasziniert von seiner exponierten und zugleich abgeschlossenen Lage auf ca. 1600 Metern Höhe, den steilen Abhängen Richtung Tal, und vor allem von den Dorfbewohnern, die durch die geografischen und historischen Besonderheiten ohne Zweifel geprägt sein mussten. Hier hatte die „alte Zeit" länger gedauert als anderswo. Im Dorfkern versammelten sich, von der Sonne verbrannt und eng aneinander gekauert, Jahrhunderte alte Holzhäuser, Stadeln und Ställe, nur zum Teil renoviert. Wenn man abends in völliger Stille, nur die eigenen Schritte hörend, die schmalen spärlich beleuchteten Pfade entlang ging, glaubte man sich in einer anderen Welt und Zeit.

„Güeten'Abig" sagte Annemi im hiesigen Dialekt zu der älteren Frau, die mit zwei prall gefüllten Plastikeinkaufsbeuteln die kleine Treppe zum Holzhaus neben dem von ihr gemieteten und zu einer winzigen Ferienwohnung umgebauten Stadel hochstieg. Annemi hatte ihr Auto etwas außerhalb des Dorfkerns geparkt. Hier gab es keine Straßen, nur schmale Trampelpfade und Fußwege verbanden die Wohnhäuser, Stadeln und Ställe miteinander.

„N' Abig", sagte die Frau wortkarg, ohne eine Miene zu verziehen. Mehr gab sie von sich nicht her. Sie ging etwas mühsam die Treppe hoch, vielleicht waren die Einkaufsbeutel zu schwer oder ihre Knochen zu alt, sie öffnete die Tür mit einem Schlüssel, verschwand im Dunkel des Eingangs und schloss die Tür sofort wieder hinter sich ab. Vielleicht wollte die Frau keinen Kontakt, begrüßte nicht gerne Ausländer, wozu auch, diese waren ja nur „zu Bsüech" da, vorübergehend und nicht unbedingt willkommen, wenn man mal von dem Geld absieht, das sie in den Kassen der Hotels, des Supermarktes, des Tourismusbüros, des Sportmodegeschäfts, der Restaurants und des Gemeindebüros hinterließen.

Annemi hätte der Frau gerne Fragen gestellt. Ob sie eine Einheimische war, ‚eingeboren' sozusagen? Wie es früher hier gewesen war, ohne die schnellen Verbindungen ins Tal? Nur Fußwege bergauf, bergab! Wo man um Himmelswillen eingekauft hatte? Hatte man alles in Kiepen bergauf nach Hause schleppen müssen? Die Totenmessen und Taufen hatten bis 1698 in Ernen auf der anderen Seite des Rhône-Tales gehalten werden müssen, da es den Dörflern nicht erlaubt gewesen war, eine eigene Kirche zu bauen. Vor 1698 hatte man tatsächlich Tote und Säuglinge stundenlang transportieren müssen, damit sie in der Kirche von Ernen vom dortigen Pfarrer gesegnet werden konnten. So heißt zum Beispiel ein steiles Wegstück in der Nähe des Dorfes ‚Tootestutz', denn dort war auf dem Transport einmal ein Sarg samt Totem bei Glatteis den Steilhang weit hinuntergerutscht. Das hatte Annemi in einer Dorfchronik gelesen. Vielleicht hätte die Alte etwas über das beschwerliche Leben in dieser entfernten Zeit gewusst und erzählen können. Aber sicher ergaben sich später mit anderen Dorfbewohnern Kontaktmöglichkeiten.

Das Wetter auf der Alpe war für die Hexen-Abfahrt fast perfekt. Zwar kein bisschen dramatisch, wie es sich eigentlich für solch ein Spektakel gehört hätte, aber das machte nichts. Keine Wolke dräute am Himmel, nur ein morgendlicher leichter Schleier aus Eiskristallen hing im Blau, den die Sonne bald weggetaut haben würde.

Eine bunte Gesellschaft hatte sich beim Start versammelt, so bunt wie die der Jecken im Rheinland beim Straßenkarneval. Heute suchte Annemi Jessen ihre Geschichte hier. Sie schätzte die Anzahl der Abfahrtsteilnehmer auf mehrere hundert, und entsprechend war der Lärm. Vom Kreischen hoher Frauenstimmen bis zum Juchzen und Jodeln reichte die Skala.

Die Hexen-Abfahrt, die immer zu dieser Jahreszeit stattfindet, in diesem Jahr zum 29. Mal, war augenscheinlich beliebt, eine Gaudi ersten Ranges, wie Annemi sehen und hören konnte, ein echtes Volksfest! Viele Touristen hatten sich neben den fest angemeldeten Teilnehmern versammelt, einige von ihnen wollten nach dem offiziellen Rennen ebenfalls die Strecke abfahren, andere fotografierten nur, so wie Annemi. Motive gab es genug: Hexen auf Skiern in schwarzen langen Röcken, rot-weiß karierten Schürzen, spitzen hohen Hexenhüten in allen Farben, bevorzugt rot und schwarz, darunter blonde, rote, schwarze und grüne Haare, die als Zotteln, Zöpfe oder einfach wilde Rasta-Mähnen hervorquollen.

Manche Gesichter waren geschminkt und mit scharf gebogenen Hexennasen verziert und ließen, wenn sie lachten, riesige Kunstzähne sehen. Statt Skibrillen sah man Sonnenbrillen, statt Skistöcken Reisigbesen. Jede teilnehmende Hexe, ob männlichen oder weiblichen Geschlechts, hatte sich eine Startnummer mit dem Namen des Sponsors - einer bekannten Bank und einer ebenso bekannten dänischen Bierfirma - um die Brust gebunden, und auf dem Rücken sah man Kiepen und Säcke aller Art, wahrscheinlich gefüllt mit stärkenden Getränken und Leckerlis als Wegzehrung. Die Hexenabfahrt sollte nach der Preisverleihung in dem großen Festzelt, das man in dem Skiort aufgebaut hatte, ausklingen.

Annemi bat eine besonders fantasievoll gekleidete Hexe darum, ein Foto von ihr machen zu dürfen. Das konnte sie sicher für eine ihrer Geschichten gebrauchen. Die Hexe lächelte sie an, klemmte sich den Reisigbesen zwischen die Beine und stellte sich in Positur.

„Nur zu", sagte sie. „Sie haben Glück! Ich bin nämlich eine *echte* Hexe! Nur die modernen neuzeitlichen Hexen sind echt! Die mittelalterlichen Hexen waren arme, geschundene Weibsbilder, harmlose Kräuterweiblein, durch Intrigen erst zu Hexen gemacht! Wir aber, die modernen Frauen, hexen viel besser! Vor allem verhexen wir die Männer! Gab es früher schon so betörende Kleider, verführerische Unterwäsche? Aufregendes Parfüm? ‚Erotic Food', - verzaubert werden durch die Speisen erotischer Kochrezepte? Nein? Sehen Sie! Wir sind heutzutage echt besser als die Damen im Mittelalter! Ein bekannter Schweizer Schriftsteller lässt zum Beispiel in einem seiner Bestseller die Menschen durch erotische Speisen verhexen!

Und wir können noch mehr: wir hexen den Männern die Führungsjobs fort und setzen uns an ihre Stelle, - leider klappt das noch nicht immer, wir gebären Kinder, ziehen sie auf und schmeißen Haushalt *und* Job, alles gleichzeitig! Wenn das nicht

echte Hexerei ist! *Wir* fliegen auf unseren Geschäftsreisen in Düsenjets viel effektvoller durch die Lüfte als auf antiquierten Besen, und manchmal stürzen nach den spirituellen parapsychologischen Sitzungen unserer Hexengilden an einem Hexen-Sabbat sogar Aktien-Indexe wie Dax, Swiss Market Index oder Dow Jones in höllische Abgründe! Wir Hexen sorgen für echte Katastrophen!"

Sie fasste sich an den Hals, zog etwas ab und warf es Annemi zu. „Ein Souvenir von Hexe Marianne", rief sie. „Das bin ich!" Annemi griff reflexähnlich mit der freien Hand in die Luft und fing etwas auf: Eine Kette mit einem fünfzackigen Blech-Stern, ein Pentagramm – oder war es ein Drudenfuß? So genau kannte sich Annemi mit der Hexenmagie, ihren Symbolen und Bannzeichen nicht aus.

Nach dieser langen Rede, der inzwischen eine ganze Ansammlung neugieriger Touristen amüsiert zugehört hatte, fasste die Frau nach ihrem Besen wie nach einen Skistock und schwenkte auf die Abfahrtsstrecke ein. Weg war sie im hoch aufstäubenden Schnee. Annemi hatte inzwischen fünf Fotos von ihr gemacht. „Danke vielmal für die Fotos samt Belehrung", rief sie noch hinter der Frau her, doch die hatte das bestimmt nicht mehr gehört.

Mari*anne* - schon wieder eine Namensverwandtschaft! Annemi schaute erneut auf den Blech-Stern in ihrer Hand und steckte ihn dann in die Anorak-Tasche. Nicht, dass sie daran glaubte, durch ein Pentagramm oder einen Drudenfuß übersinnliche Kräfte zu erlangen. Nein, aber es würde sie als Souvenir einer magischen Begegnung an Marianne erinnern.

Hexen, Teufel, Vampire, Fabelwesen. Hier im Hochgebirge ist die Faszination für alles Irreale stärker ausgeprägt als anderswo. Zur heimischen Fasnacht ziehen seit alters her Gruselwesen, die den Bewohnern durch ihr Aussehen und Geschrei Furcht einzujagen versuchen, durch die Dorfschaften. Rolliböcke, Bäräfresser, Maschgini und Tschägättä, begleitet von Guggenmusik und Trichjiern übernehmen das Regiment. Die Machtübernahme erfolgt nicht wie in rheinischen Städten in Form eines Stadtschlüssels, der den Jecken von den jeweiligen Oberbürgermeistern freiwillig übergeben wird, sondern man nimmt sie sich gewaltsam, indem man wie in mittelalterlicher Zeit die Gemeindepräsidenten durch Mazzen, schreckenerregende, aus Wurzelholz geschnitzte und mit Nägeln beschlagene Köpfe von Ungeheuern, verjagt. Der mittelalterliche Aberglaube an entsetzliche Naturkräfte, die den Menschen in dieser dominanten Gebirgswelt Unwetter, Schneestürme, Missernten, Lawinen und Erdrutsche bescherten, ihre Dörfer zerstörten und ihr Leben in Gefahr brachten, ist während der Zeit der Fasnacht wieder präsent und wird dort parodiert.

Man erinnert sich in unserer entzauberten Zeit gerne des Mittelalters seiner Gebräuche und Magie. Einige Skiorte setzen „Gratzüge" in ihr touristisches Sport- und Unterhaltungsprogramm, die in alten Zeiten laut mündlicher Überlieferung *Leidenszüge der armen, noch nicht erlösten Seelen* Verstorbener gewesen waren, welche aufgrund ihrer Schuld, die sie während des Lebens auf sich geladen hatten, jahrhundertelang zum Teil sogar barfuß über den großen Aletschgletscher wandern mussten, bis der Herrgott sie endlich die Himmelspforte passieren ließ. Es hieß, dass von Gratzügen ein unheimlicher Sog ausgine, der so manchen Lebenden, der zufällig des Weges kam, zwänge, eine Zeitlang mit den ‚Untoten' mitzulaufen – oder ihnen Krankheit oder Tod brachte.

Die modernen touristischen Gratzüge sind sorgfältig inszeniert. Für 65 Franken *ist man dabei*, Vollmond, Sagenerzähler, Musik und Verkostung inklusive. Den wohligen Schauder auf dem Rücken spürend, kann man entspannt daran teilnehmen und erleichtert feststellen, dass man diese überlieferten Sagen als moderner Mensch nicht mehr zu fürchten hat. Verließe und Folterkammern, Galgenorte, Hexenverfolgungen, Hinrichtungen und Gratzüge sind der Schnee von vorvorgestern, als die Menschen das Böse, das ihnen von der wilden Natur her drohte, mühsam und oft vergeblich in Schach zu halten versuchten.

Annemi war mit der Gondel bereits am frühen Nachmittag zum Dorf zurückgekehrt, auf der Festplatte der Kamera an die dreißig bis vierzig Fotos von der Hexenabfahrt. Sie war mit der Ausbeute des Foto-Shootings zufrieden. Sie lud die Fotos in den PC, löschte die weniger gelungenen, bearbeitete dann die akzeptablen mit ihrer Foto-Software und schaltete danach den Computer in den Ruhezustand. Die Idee zu einem Kriminalroman mit dem Titel „Hexenabfahrt" sprang ihr in den Kopf. Dieses Projekt nahm sie sich für später vor. Ein Krimi würde gut in die Landschaft passen. Das Hochgebirge besaß neben seinen landschaftlichen Schönheiten auch mörderische Aspekte!

Neben dem Laptop lag das Buch ‚Gully-Marie'. Mörderische Aspekte. Aspekte einer Walliser Kindsmörderin. Auf einer aufgeschlagenen Doppelseite befand sich ein französischer Text, der Fotoabdruck eines uralten Manuskriptes. Bereits gestern hatte

Annemi sich kurz mit ihm beschäftigt, wollte ihn aber an diesem Abend mithilfe eines französischen Wörterbuches, das in der kleinen Buchhandlung des Ortes zufällig vorrätig gewesen war, genauer untersuchen.

COUR IMPÉRIALE DE LYON DEPARTEMENT DU SIMPLON

PAR ARRET DE LA COUR D'ASSISES, SEANT À SION, DEPARTEMENT DU SIMPLON, EN DATE DU PREMIER JUIN AN 1812; LA NOMMÉE CHRISTEN, ANNE-MARIE, DITE FILLE GULLY, AGÉE DE 34 ANS, CULTIVATRICE, NÉE À RALBE (REALP), CANTON D'URI À SUISSE, DEMEURANT EN DERNIER LIEU À FERGANN, COMMUNE DE FIESCH, DEPARTEMENT DU SIMPLON ... CHEVEUX ET SOURCILS NOIRS, NEZ, BOUCHE ET FRONT GRANDS, LEVRES RELEVÉES ... EST CONVAINCU D'INFANTICIDE, EN NOYANT SON ENFANT NATUREL ... *DANS LA MEUNIERE DE VIEGE* (VISP) ... A ETE CONDAMNÉE LA PEINE DE MORT, À L'AFFICHE, PAR EXTRAIT, DE L'ARRET DE CONDAMNATION, APPOSÉE PAR L'EXÉCUTEUR DES JUGEMENTS CRIMINELS, Á UN POTEAU ... DRESSÉ SUR LA PLACE PUBLIQUE DE SION...

Der Text war geschrieben worden, als die Republik Wallis Ende des achtzehnten Jahrhunderts unter französische Herrschaft geraten war. Diese dauerte nur wenige Jahrzehnte lang, und als die Besetzer abzogen, ließen sie außer ihrer Sprache ein verwüstetes und völlig verarmtes Land zurück. Noch heute sprechen über sechzig Prozent der Walliser Französisch.

Annemi hatte sich in den Text geradezu verbissen und kramte mühsam ihr kümmerliches Schulfranzösisch hervor, unterstützt durch das Wörterbuch, konnte aber aus dem abfotografierten Dokument nicht alles übersetzen, manche Buchstaben waren an den Stellen, wo das Originalblatt gefaltet gewesen war, unleserlich geworden.

DIE ERWÄHNTE CHRISTEN, ANNE-MARIE, DAS MÄDCHEN GULLY GENANNT, 34 JAHRE ALT, HAUSANGESTELLTE, GEBOREN IN REALP, IM KANTON URY IN DER SCHWEIZ, ... DES KINDESMORDS ÜBERFÜHRT, INDEM SIE IHR NATÜRLICHES KIND... VON EINER MÜHLEN-BRÜCKE IN VISP GESTÜRZT HAT, SIE WIRD ZUM TODE DURCH DAS SCHWERT AUF DEM MARKTPLATZ ZU VIEGE (VISP) VERURTEILT...

Der Dachraum des ehemaligen Stadels roch unangenehm nach angebrannten Frittier-Fett, das von Annemis Abendessen, den heute im Dorf gekauften chinesischen Frühlingsrollen auf die Heizstäbe des kleinen Grillapparates abgetropft war, sie hielt das Fenster des Holzhäuschens schon eine Viertelstunde lang weit geöffnet, doch ohne Durchzugsmöglichkeiten in diesem Ein-Fenster-Raum hing der Frittenbuden-Geruch sicher noch bis zum nächsten Morgen unter der alten Holzbalkendecke.

Es war dunkel geworden. Die nahe Turmuhr der über dreihundert Jahre alten Kirche ‚Unsere liebe Frau von den sieben Freuden' schlug viertel vor zehn. Der Blick durch das Fenster zeigte die uralten Häuserzeilen im schwachen Licht der Laternen. Damals, in der Zeit des Mittelalters, jener noch nicht aufgeklärten Epoche, waren viele Kirchen nicht nur Zentren des Glaubens, sondern auch des Aberglaubens gewesen. Die Hexen-Verfolgungen war ein Teil davon. Wer an Teufel, gestürzte und abtrünnige Engel glaubte, an die Leiden des Fegefeuers und das „Verbrennen todsündiger Menschen in der Hölle", der glaubte oft auch an Hexen. Ledige Mütter wie Gully Marie wurden mit ihren Kindern bei Messen in die letzten Reihen der Kirchen verbannt. Von ihren Dienstherren geschwängerten Mägden sagte man teuflische Verführungskünste nach. Sie allein trugen die Schuld. Hier im Hochgebirge gab es zu viel unerklärliches schicksalhaftes Leid. Jemand musste die Verantwortung dafür übernehmen: die Hexen. Auch in diesem Dorf soll im 16. Jahrhundert eine Hexe mit Namen Margaretha Frantzen ihr Unwesen getrieben haben. Nach mehrtägiger Folter hatte sie alles gestanden, was man hören wollte. Die alten Verhör-Protokolle sind noch erhalten.

„ Item hat sie verraten, dass sie … eine Ruffinen (Erdrutsch) gemacht im ‚undern Boden in der Bottmenn', als sie Wasser auf die Matten ‚reissetthen' (leiteten) in des Teufels Namen. Mehr hat sie bekannt, dass sie mit etlichen aus ihrer Gesellschaft eine ‚Louwinen' (Lawine) gemacht ‚uff der Flu', als sie Schnee zusammen ‚trölten' in ihres Meisters Namen, dass dort kein Vieh mehr gehen konnte. Item hat sie verraten, dass sie ‚Louwinen' gemacht ‚an Bellwaldt im Ort am Ahorn'. Und dort etliche Scheunen ‚umstitzen (umwerfen) des Heinrichs Wengers, der neben Meyer Hans Jost und Hans am Riedt'…. "

Margaretha Frantzen starb im Jahre 1576 in einem brennenden Scheiterhaufen, den man auf dem Galgenhügel im nahen Ernen errichtet hatte. Die letzte Hexe der Schweiz, Anna Göldi, war

1782 hingerichtet worden. Auch sie war, wie ‚Gully Marie' des versuchten Kindsmords angeklagt worden.

In der norddeutschen Stadt, in der Annemi Jessen aufgewachsen war, gibt es auf dem großen Marktplatz einen sog. „Speistein" zur Erinnerung an die „letzte Hexe von Bremen", Gesche Gottfried. Man hatte Gesche Gottfried im Jahre 1831 hingerichtet. Sie soll fünfzehn Menschen mit Arsen vergiftet haben. Als Achtjährige hatten Annemi und ihre Freundinnen mit Vergnügen und leichtem Schaudern auf diesen Stein gespuckt. Hexen, zum Teufel mit ihnen! Das war im Jahre 1953 gewesen.

Die selbsternannte Hexe Marianne war bei der Hexenabfahrt 2011 als 324ste durchs Ziel gefahren. Jede Zeit hat ihre speziellen Exzesse.

Das Internetradio in Annemis PC spielte gerade „No moon at all" in der Version des Brad-Mehldau-Trios. Da hörte Annemi draußen ein leichtes aber deutlich vernehmbares Knarren von Holztreppenstufen und das Ächzen alter Balken. Es war so nah, als komme jemand die Stadel-Treppe herauf, um sie zu besuchen. Sie horchte. Dann stand sie auf, ging zum offenen Fenster und starrte in die Nacht hinaus, um vielleicht den Ursprung des Geräusches zu entdecken. Nur eine Armbreite von ihr entfernt, sie konnte, wenn sie sich aus dem Fenster lehnte, das verwitterte kleine Dach beinahe berühren, stand ein Stadel, den sie bisher für verlassen gehalten hatte. Jetzt lag er im Dunkeln, nur seitlich etwas von dem wenigen Licht, das aus Annemis Stadel drang, beleuchtet. Er grenzte an den schmalen Pfad, der zum Dorffriedhof führte. Er war heruntergekommen, baufällig, die alten Holzschindeln des Daches waren bemoost, die Balken, auf denen Wände und Dach ruhten, waren an den Enden von den Witterungseinflüssen zerfressen, das Holz an der Nordseite von Regen, Schmelzwasser und Eis grau gebleicht und an der Südseite von der Sonne schwarz gebrannt. Alte Bausubstanz, die noch nicht irgendwelchen Renovierungen ausgeliefert worden war.

Sie beugte sich vor, um besser sehen zu können, und tatsächlich, stieg da jemand die Stufen zur oberen Etage des Stadels hoch, ein Wanderer vielleicht? Er trug etwas bei sich, anscheinend ein größeres Gepäckstück. Näheres konnte Annemi in der Dunkelheit nicht ausmachen. Die Gestalt machte sich an der Holztür zu schaffen, dann verschwand sie mit ihrer Last im Dunkel des Innenraumes.

Den Gedanken, dass es ein Tourist war, der das kleine Holzhaus für ein paar Tage gemietet hatte, verwarf Annemi sofort wieder. Nein, für eine Unterkunft war das Haus zu baufällig, in solch einem Haus würde niemand, auch nicht aus Nostalgie-Gefühlen heraus, nur eine einzige Nacht verbringen wollen!

Annemi lehnte sich aus dem Fenster, um das auf der Fensterbank kalt gestellte Bier hereinzuholen und drehte die Krone der Flasche mit der Hand ab. Sie nahm einen Schluck und betrachtete das kleine Haus nebenan weiterhin. Sie lauschte. Es war nichts zu hören. Kein Gepolter oder das Geräusch von Schritten auf dem Holzfußboden. Sie spähte nach einem schwachen Lichtschein, der durch die undichten Balkenwände zu sehen sein musste. Nichts. Als ob niemand dort wäre. Trotzdem war sie sicher, dass sie sich nicht getäuscht hatte. Jemand war in das Haus hineingegangen. Sie hatte es selbst gesehen. Und dieser Jemand musste noch dort sein. Sie hatte einen neuen Nachbarn, wenigstens vorübergehend. Annemi beschloss, ihn im Auge zu behalten.

Nachdem Annemi die Übersetzung des gesamten französischen Textes abgeschlossen hatte, machte sie, wie jeden Abend, ihren Rundgang durch den alten Dorfkern. Fast alle Holzhäuser waren dunkel und schienen unbewohnt. Die Fensterläden waren dicht geschlossen. Annemi trug ihre Stirnlampe auf dem Kopf, die den Pfad vor ihr hell beleuchtete. Ihr war so, als produziere sie neben den nur sporadisch vorhandenen Weg-Laternen das einzige Licht in dieser leblos wirkenden Siedlung.

Der Dorflehrer hatte ihr am Telefon geklagt, dass das Dorf langsam sterbe. In der örtlichen Schule mit integriertem Kindergarten gebe es nur noch 21 Kinder, das sei alles.

Auf dem Dorffriedhof in der Nähe waren nur rd. 70 Gräber angelegt, in denen verstorbene Dorfbewohner ihre Ewigkeit fristen mussten. Wo nur wenige Kinder aufwachsen und als Erwachsene auch bleiben und nicht in die nahen Städte abwandern, kann es nicht viele geben, die sich im Alter zum Sterben legen.

Annemi machte einen Umweg zum Friedhof, der wegen der von einem Scheinwerfer angestrahlten Kirche und der Straßenlaternen an der nahen Hauptstraße nicht in völliger Dunkelheit lag. Sie schritt durch die Grabreihen und betrachtete die schlichten Holzkreuze mit ihren frierenden Holz-, Messing- oder Gips-Christussen, gerade vom Schnee freigetaut.

Ab und zu machte sie ein Foto mit ihrer Digitalkamera, die die Kreuze und Grabstätten mit ihrem Automatik-Blitz jeweils für den Bruchteil einer Sekunde in ein gleißend schamloses Licht tauchte. Trittspuren führten die Reihen entlang, vor manchen Gräbern waren durch die Besucher kleine Rondells im Schnee plattgetreten, hin und wieder war eine Kerze in einem durchsichtigen, rot leuchtenden Plastikbehälter aufgestellt. So auch vor dem Holzkreuz einer Anna Anthamatten. Jemand musste sie gerade eben entzündet haben, denn der Plastikbehälter war randvoll mit Wachs.

Annemi betrachtete die Grabstelle, indem sie mit ihrem Kopf die jetzt wieder eingeschaltete Stirnlampe langsam auf und abwärts schwenkte, von dem am großen Holzkreuze hängenden Jesus bis hin zu dem eisernen Winkelhaken, der das Grabkreuz an einem unsichtbaren Beton- oder Holzpfeiler fest im Boden hielt.

Anna Anthamatten

von 1900 – 1992

stand unter der einem Medaillon nachempfundenen Messingplakette mit einem Porträt-Foto. Schon wieder jemand, mit dem sie einen Teil ihres Vornamens gemeinsam hatte!

Wie hatte es wohl hier im Dorf ausgesehen, als Anna Anthamatten im Jahre 1900 in eine wahrscheinlich große Familie als zweites, fünftes oder zehntes Kind hineingeboren wurde? Ihre Mutter hatte noch jedes Kind austragen müssen. Heute schützt man sich durch natürliche Verhütung und mit Pillen oder Kondomen gegen

ungewollte Schwangerschaften. War das Mädchen Anna zur Schule gegangen? Ein paar Jahre höchstens. Hatte es geheiratet? Oder war es als erwachsene Frau allein geblieben? Der für verheiratete Frauen typische Doppelname fehlte. Hatte Anna Anthamatten sich alleine durchbringen müssen? Vielleicht als Magd, Hausmädchen wie Gully Marie? Hatte sie ein Kind gehabt? Durfte sie ein mündiges, gleichberechtigtes Leben führen? Erst 1971 hatte sie in ihrem Heimatland wählen gehen dürfen. Da war sie schon eine alte Frau gewesen.

Annemi fotografierte auch dieses Grab. Der Messing-Jesus am Kreuze schaute unbeteiligt zu.

Vor ein paar Tagen war in der Heimat Anna Anthamattens der vierzigste Jahrestag des Frauenwahlrechts gefeiert worden. In mehreren Tageszeitungen waren anlässlich des Jubiläums Politikerinnen und Frauen interviewt worden, die das Frauenwahlrecht mit erkämpft hatten oder die Bedeutung dieses Wahlrechts besonders für den weiblichen Bevölkerungsteil herausstrichen. Die Frauen hier waren die letzten in Europa gewesen, denen der Gang zur Wahlurne verwehrt war. Nicht wenige Männer hatten bis zum Schluss gegen die politische Emanzipation der Frauen gekämpft, so war z.B. eine erste Abstimmung im Jahr 1959 mit einem Nein-Anteil von 66,9 Prozent gescheitert. Damals gab es Plakate, auf denen stand:

„Männer-Brüder-Söhne bewahrt uns vor der Politik. Unsere Welt ist unser Haus und sie soll es auch bleiben. Darum ein doppeltes NEIN dem Frauenstimmrecht." Unterzeichnet mit *„Bürgerinnen, welche ihren Männern vertrauen."*

Viele Schweizer Männer hatten lange Zeit wirklich geglaubt, mit ihrem NEIN den Frauen „etwas Gutes zu tun", indem sie sie vor der verderbten Politik schützten.
Erst im Jahre 1971 war das Frauenwahlrecht mit 65,7 % knapp durchgesetzt worden.

Wer keine Stimme hat, kann nirgendwo mitreden, kann sich womöglich erst gar nicht verständlich machen, dachte Annemi. Kann sich nicht wehren. Nichts erklären. Stimmen ohne Stimmrecht fallen nicht ins Gewicht. So war es Jahrhunderte lang gewesen. Hatte man im Mittelalter auf die verzweifelten Beschwörungen der Frauen gehört, keine Hexen zu sein? Ob man im Jahre 1824 hatte wissen wollen, was ‚La Fille Gully' zu dem Vorwurf des Kindsmordes zu sagen hatte?

Annemi ging zum Stadel zurück. Oben auf dem Holzpodest vor dem Eingang angekommen, trat sie in der Dunkelheit auf einen festen harten Gegenstand. Jemand hatte etwas vor die Tür gelegt. Sie beugte sich nach unten und leuchtete mit ihrer Lampe auf den Boden. Es war ein großer uralter Eisenschlüssel. An seinem Griff baumelte eine Art Holzschild, auf dem etwas eingraviert war, in altertümlicher Schrift.

„Glück und Unglück, nimm es in Ruh,
es geht vorbei, und so auch du".

Annemi hob den Schlüssel auf. Es musste eine Bedeutung haben, dass er hier lag. Sollte der Schlüssel gefunden werden? Sollte *sie* ihn finden? Mit einem Schlüssel kann etwas aufgeschlossen werden. Zum Beispiel der Nachbarstadel? Sie hatte das Gefühl, als gehe plötzlich von dem Stadel ein extrem starker Sog aus, der sie geradewegs zu dem Gebäude hinzog wie zu einem Gratzug. Die Stirnlampe ausgeschaltet, schlich sie sich zu seinem Eingang, der nur über die wackelige Holztreppe zu erreichen war. Besser nicht gesehen werden, wenn man in ein fremdes Haus eindringen will.

Der Stadel, in alter Zeit ein Aufbewahrungsschuppen für Getreide und andere Feldfrüchte, lag in völliger Dunkelheit. Annemi stieg zögernd die vier Stufen bis zum Eingang hoch, wieder knarzte das alte Holz, als täte es ihm nach den vielen Jahrhunderten weh, getreten zu werden, und suchte nach dem Schlüsselloch. Sie war fest entschlossen, der merkwürdigen Einladung zu folgen, falls es eine war. Sie würde den Schlüssel ausprobieren, wenn er nicht passte, konnte sie ja schnell wieder verschwinden, ohne dass jemand ihre Bemühungen gesehen hätte.

Doch der Schlüssel passte. Vorsichtig, um möglichst jedes Geräusch zu vermeiden, schloss Annemi die Tür auf. Sie hatte das Gefühl, etwas Verbotenes zu tun. Vielleicht auch etwas Gefährliches. So fühlt man sich also als Einbrecher, dachte sie noch. Dann bückte sie sich, um einzutreten. Drinnen war es dunkel. Aber es war warm. Als ob jemand einen Ofen beheizte. Sie tastete sich an den Wänden weiter, mit den Füßen Schritt für Schritt den Boden prüfend, um nicht auf ein morsches Brett oder in ein Loch im durchgefaulten Fußboden zu treten. Da entflammte eine Kerze, und in ihrem schwachen Licht sah Annemi eine junge Frau, die einen langen Holzspan vorsichtig auspustete. Ein Ofen stand in einer Ecke, eigentlich eher ein kleiner mit Holz beheizbarer eiserner Herd, durch seine Ritzen drang Feuerschein. Merkwürdig war nur, dass Annemi bisher an dem Holzhaus keinen

Schornstein gesehen hatte, auch keine Öffnung, aus der Rauch austrat.

Die Frau, wohl knapp über dreißig Jahre alt, hielt ein Kind im Arm, einen Jungen. Er mochte vier Jahre alt sein. Er rührte sich nicht. Er hatte die Augen geschlossen.

„Was tun Sie so allein hier im Dunkeln?", fragte Annemi.

„Ich bin nicht allein. Ich möchte mich und das Kind wärmen. Wie ich es schon oft getan habe." Die Frau antwortete so prompt, als habe sie gerade auf diese Frage gewartet. Sie war nicht überrascht, Annemi zu sehen.

„Schön, dass Sie vorbeigekommen sind", ergänzte sie in einem merkwürdigen Akzent, der so klang, als sei die hochdeutsche Sprache für sie ungewohnt und ungeübt. „Ich freue mich immer sehr darüber, mal wieder mit Menschen sprechen zu können."

Annemie entschuldigte sich dafür, dass sie in das Haus eingedrungen war.

„Aber Sie hatten doch den Schlüssel. *Ich* habe ihn vor Ihre Tür gelegt. Jeder, der den Schlüssel hat, darf hier eintreten. Vieles in unserem Leben und Sterben bedarf der Entschlüsselung." Für eine junge Frau klang dieser Satz ungewöhnlich abgeklärt. Sie schaute Annemi mit ernsten dunklen Augen an, ihr von langen schwarzen Haaren umrahmtes Gesicht war ebenmäßig.

„Und warum in Gottes Namen kommen Sie mitten in der Nacht hierher", fragte Annemi.

„Ja, ich *komme* wirklich ‚in Gottes Namen', und ich *gehe* ‚in Gottes Namen'. Er hat mich dazu verurteilt. Ich tue Buße. Ich würde mich gerne mit anderen Dingen beschäftigen. Aber ich darf nicht. Ich komme immer nur nachts. Es darf mich niemand sehen."

Das Kind lag wie tot in ihren Armen. Es war blass, blaue Adern schimmerten durch seine Haut.

„Ich besuche regelmäßig ein Grab auf dem Dorf-Friedhof. Es ist das Grab einer meiner Nachkommen. Sie hieß Anna Anthamatten. Eigentlich Anna-Maria, wie ich. In unserer Familien war es Sitte, den Mädchen wieder und wieder dieselben Vornamen zu geben. Besonders beliebt war der Name Maria. Anna-Maria Anthamatten. Ihr hat dieser Stadel gehört. Hier darf ich sein. Wenigstens ein paar Stunden lang. Er ist inzwischen ganz verfallen. Ich stelle Anna-Maria Anthamatten jedes Mal, wenn ich am Friedhof vorbeikomme, eine Kerze ans Grab. Kerzen wärmen die Toten ein bisschen."

Sie hielt ihre rechte Hand demonstrativ ganz nah über die Kerzenflamme. Annemi hatte schon Angst, sie würde sich verbrennen. Aber die Frau zeigte keinen Schmerz. Im linken Arm hielt sie den Jungen.

„Auch ich wärme mich hier auf. Diese eisigen Wanderungen lassen mich fast erfrieren", sagte sie. „Meine Füße, sie fühlen sich abgestorben an, wenn ich hier ankomme. Hier taue ich sie auf."

Sie zeigte auf ihre Füße, die in dicken Filzpantoffeln steckten. „Und auch dem Kind tut die Wärme gut, sehen Sie nur die dicke Decke!"

Annemie sah, dass sie sich und das Kind in eine dicke graue Filzdecke eingewickelt hatte. Sie starrte durch das Kerzenlicht auf die Frau und das Kind. Wie eine Piëta, dachte sie. „Wer sind Sie, woher kommen Sie? Haben Sie etwa sonst kein Dach über dem Kopf, keine warme Bleibe?"

Die Frau sah abgekämpft aus, als wäre sie ewig unterwegs gewesen. Womöglich eine Obdachlose? Annemi konnte sich nicht daran erinnern, jemals eine Obdachlose mit einem kleinen Kind gesehen zu haben. Die Obdachlosen in den Städten waren entweder alt oder gescheiterte Jugendliche ohne Job, fast alle waren Singles, Strandgut einer Wegwerfgesellschaft. Eine junge Frau mit einem Kind, das wie ein Säugling in ihren Armen lag, konnte doch keine Obdachlose sein!

„Von dort komme ich!" Die Frau deutete mit dem Kopf hinter sich.

Annemi überlegte, versuchte sich zu orientieren. In der Richtung lag nur das Hochgebirge! Der große Gletscher! Keine Siedlung mehr.

„Ich heiße übrigens Christen mit Nachnamen", sagte die Frau jetzt, „Anne-Marie Christen. Der Nachname passt gut zum meinen Vornamen. An sich ist Maria ein schöner Name. Finden Sie nicht auch? Schon die Muttergottes hieß so."

„Gegrüßet seist du, Maria, voll der Gnaden", sagte Annemi. Diese Gebetszeile aus ihrer vergangenen Kindheit fiel ihr gerade so ein. Am liebsten hätte sie sich bekreuzigt, tat es aber aus verschiedenen Gründen nicht. Der Name ‚Christen' kam ihr so bekannt vor, als hätte sie ihn eben erst gehört. Nein, eher gelesen! Aber – nein - das konnte doch nicht sein, - nein, sie musste sich irren! Sicher hatte sie den Namen falsch verstanden. Ihr wurde unheimlich zumute, aber sie ließ sich nichts anmerken.

„Ich treffe neuerdings oft auf Frauen, die so ähnlich heißen wie ich", sagte sie statt dessen, nur um etwas zu sagen. „Ich heiße ‚Annemi'."

„Man hat Mädchen schon immer gerne nach der heiligen Maria benannt. Und nach Anna, ihrer Mutter. Es sollte sie davor schützen, der Sünde anheim zu fallen. Es betont ihre heilige Rolle, Mutter zu sein, und sonst nichts", sagte die Frau. „Mich hat der heilige Name leider nicht vor dem Bösen bewahrt." Dann fügte sie hinzu: „Es gibt hier im Umkreise wunderschöne Kirchen mit großen Altären und kleine Kapellen. Viele von ihnen tragen den Namen Mariens. Zum Beispiel die Marienkirche in Münster. Für die Muttergottes des Hochaltars hat angeblich eine meiner Vorfahren Modell gestanden. Und die Kirche in diesem Dorf heißt zu Ehren Marias ‚Unsere liebe Frau von den sieben Freuden'."

Wieder wärmte sie eine Hand an der Kerzenflamme, diesmal die linke. Das Kind hatte sie mit viel Mühe in den anderen Arm umgebettet. Es hatte sich dabei nicht gerührt. Sein Körper musste schwer sein.

„Ja", sagte die Frau dann. „Maria erlebte zwar sieben Freuden. Aber auch sieben Leiden. Das vergisst man zu oft."

„Ich habe mir gestern zufällig eine Seite aus dem Internet ausgedruckt", sagte Annemi. „Die sieben Freuden Mariens. Ich war neugierig, was ‚heilige Freuden' sind. Es sind ‚ Verkündigung', ‚die Heimsuchung', ‚die Geburt Jesu', ‚die Anbetung der Weisen', ‚das Wiederauffinden des zwölfjährigen Jesus im Tempel', ‚seine Auferstehung' und ‚ihre eigene Aufnahme in den Himmel'."

Die Frau nickte versonnen. „Das Wiederauffinden des Jesuskindes muss eine große Freude für Maria gewesen sein! Die größte vielleicht. Ich habe das leider nicht erlebt."

„Wie meinen Sie das?"

„Ich habe das Johannesli nicht wiedergefunden. Ich suche es heute noch." Die Frau blickte auf das Kind in ihrem Arm und drückte es an sich.

„Aber dieses Kind in Ihrem Arm, ist es nicht ‚das Johannesli', wie Sie es nennen?" Annemi war irritiert. Was war das für ein Kind auf dem Arm der Frau? Warum rührte es sich nicht?

Die Frau ignorierte die Frage und sagte stattdessen:

„Das Fest ‚Maria Sieben Freuden' wurde schon zu meiner Lebzeit gefeiert. Es liegt auf dem 5. Juli. Der Juli war für mich immer eine Zeit der Freude. Die Matten waren voller Blumen, Storchschnabel, Türkenbund, Akelei und Berg-Alant, das Gras stand einen

Meter hoch, das Johannesli pflückte Blumen und Beeren, es war warm, und der mächtige Gletscher wurde von der Sonne in sein Bett zurückgezwungen. Im Juli schmilzt seine Macht. Das ist gut so. - Erst wenn der Gletscher fort ist, darf auch ich gehen."

Was redete die Frau da über den Gletscher? Warum war ihr der Gletscher so wichtig? Annemi fielen die aktuellen Sorgen der Umweltschützer ein, die jedes Jahr in der Presse ausführlich das Schwinden der Alpengletscher in apokalyptischen Tönen beklagen. Und hier saß jemand, die sich das Abtauen der Gletscher wünschte. Das zeugte nicht von Umweltbewusstsein.

„Wer weiß, wie lange es überhaupt noch Gletscher in den Alpen gibt", sagte sie fast vorwurfsvoll. „Sie tauen rasant schnell ab. Der große Aletsch verliert immer mehr an Volumen. Wenn es so weitergeht, wird er bald schon verschwunden sein."

„Dann hat das Leiden ein Ende", sagte die Frau und bewegte ihre Füße unter der dicken gefilzten Decke. „Aber wer weiß schon, wann das sein wird? Mir dünkt die Zeit unendlich lang." Sie zog die Decke enger um ihr Kind.

„Welches Leiden meinen Sie", fragte Annemi.

„Meines", sagte sie. „Die sieben Leiden der heiligen Maria kenne ich nur zu gut. Die Grablegung ihres Kindes gehört dazu. Es muss ein schrecklicher Schmerz sein, das eigene Kind zu begraben. Aber es ist noch schlimmer, es nicht begraben zu dürfen. Ich habe kein Grab für das Johannesli. Deshalb muss ich es bei mir tragen, immerfort." Liebevoll schaute sie auf das Kind in ihren Armen. „Das Johannesli schläft so fest. Es will nimmer aufwachen."

Annemi fing wieder an sich zu fürchten, bemerkte aber auch eine Art Irritation und Ärger über die widersprüchlichen und höchst merkwürdigen Sätze der Fremden.

„Was reden Sie denn da", sagte sie aufgebracht, „Sie sagten gerade, dass Ihr Kind schläft. Und dann wünschen Sie sich plötzlich ein Grab für Ihr Kind?"

Die Frau sah in Annemis Richtung, dann wieder auf ihr Kind, dem sie vorsichtig eine braune Locke aus der Stirn strich.

„Ich möchte Ihnen eine Geschichte erzählen, die Geschichte, die *Sie* schreiben werden. Sie sind eine Autorin auf der Suche nach Geschichten, da müsste Ihnen meine doch gerade recht kommen! Sie beginnt in Visp und endet auch dort. Im Jahre 1806 wurde ich zum Tode verurteilt. Ich konnte fliehen. Nach ein paar Jahren hat man mich wieder eingefangen und das Urteil vollstreckt. Es war das Jahr 1824. Da hat man mir den Kopf abgeschlagen. Aber eigentlich ist meine Geschichte bis heute noch nicht zu Ende, sie ist für mich nicht eher zu Ende, bis dass die Gletscher geschmolzen sind."

Annemi begriff. Endlich. Ihre Furcht war verschwunden. Ganz ruhig saß sie der Frau gegenüber, die eine Kindsmörderin gewesen war, vor mehr als hundertneunzig Jahren schon. „Das war am ersten Juni, nicht wahr?" sagte sie. „Am ersten Juni 1824. Sie heißen Anne-Marie Christen! Sie sind die Gully-Marie!"

„Der erste Juni im Jahre 1824 war für mich ein besonderer Tag. Ein warmer Sommertag, ich kann mich gut erinnern, ein Tag der Rosen, mein Todestag. Da mischte sich plötzlich das Rot der Rosen mit Blut."

Die Frau sprach leise weiter, und während sie erzählte, versank Annemi in ihren Worten wie in einem tiefen Traum. In diesen uralten Häusern konnte alles passieren. Auch dass sie einer Frau gegenüber saß, die schon 220 Jahre alt und eigentlich tot war und dabei immer noch ganz jung aussah. Anne-Marie Christen war *ihre Geschichte*.

„Vielen Frauen hier im Gebirge ging es früher nicht gut. Besonders ledigen, wie mir. Ich war eine Magd, die ein uneheliches Kind hatte. Ein Kind der Sünde. Die Männer durften sich alles nehmen, auch den Leib einer Frau. Der Peter Josef Tittli hatte gemeint, dass er mich schwängern darf. Dabei hatte ich nur mit ihm tanzen wollen. Das Kind, das dann entstand, wollte er nicht. Mich wollte er auch nicht. Mein Johannesli hat seinen Vater kaum gekannt. Vielleicht ist es mir deshalb damals weggelaufen, beim Beeren pflücken. Weggelaufen von einer ehrlosen Mutter, die ihm keinen Vater geben konnte. Und als ich es auf der Brücke über den Mühlenbach packte, damit es nicht hinunterfiel, hat es mich fortgestoßen, das Johannesli. Immer wieder. Ganz bös' hat es mich angeschaut. Da habe ich es plötzlich auch nicht mehr gewollt. Vielleicht ist es die Brücke hinunter in den wilden Mühlenbach gestürzt, vielleicht auch nicht. Es war plötzlich fort. Manchmal sehe ich eine kleine Hand im Wasser, sie greift nach mir aus den Wellen, und dann möchte ich hinterher. Aber ich bin nur nach Hause gegangen und habe geweint.

Mir wurde dann der Prozess gemacht wegen dem Mord an meinem Buben. Das Kind wäre im Weg gewesen, ich hätte es weggeschafft. So habe ich dann auch meinen Kopf verloren. Er wurde mir abgeschlagen, und ich war erst vierunddreißig Jahre alt. Seither trage ich mein Johannesli über den Gletscher, Nacht für Nacht, auf dem Gratzug der armen Seelen, den wir alle antreten müssen, er wird mir schwerer und schwerer, der Bub, von Tag zu Woche zu Jahr, ich sterbe langsam an seiner Last, und dieses Sterben dauert nun schon Jahrhunderte lang. Mein erster Tod kam so rasch, dass ich ihn kaum verspürte, der Scharfrichter hatte zugeschlagen, blitzschnell, und nur meine Freundin Antonia schrie und schrie, sonst war es im Publikum auf dem Marktplatz totenstill.

Ich würde so gerne das Johannesli begraben. Vielleicht auf diesem Friedhof hier. Bei anderen Menschen. Dann ist es nicht so allein."

Als Annemi zu ihrem Stadel zurückging, hatte sie Maries Geschichte im Kopf, Wort für Wort. Sie schrieb sie ohne nachdenken zu müssen in den PC, schlug in die Tastatur, schlug die Buchstaben fast blind, wusste, dass diese Geschichte noch nicht zu Ende geschrieben werden konnte, solange es den Gletscher, Gratzüge und den Glauben an Schuld und Buße, an Himmel Fegefeuer und Hölle gab, die auf alten Altarbildern oft so entsetzlich farbig dargestellt sind, und trotz der beiden Elektroheizungen, die wegen der Minusgrade draußen auf die höchste Stufe eingestellt und glühend heiß waren, fing Annemi an zu frieren. Das Kind in Maries Armen war tatsächlich tot gewesen, seit beinahe zweihundert Jahren schon!

Am nächsten Morgen, als Annemi erwachte, glaubte sie zuerst an einen Traum, den sie in der Nacht gehabt hatte. Den Alptraum von missbrauchten Mägden, toten Kindern, verzweifelten Müttern und Gratzügen über endlose Gletscher. Doch dann verwarf sie die Gedanken. Die Begegnung war echt gewesen. So etwas konnte man nicht träumen.

Ihr fiel der Schlüssel ein. Der steckte in ihrer Manteltasche. Er war der Beweis, dass sie diese Nacht tatsächlich erlebt hatte. Sie konnte es überprüfen. Der Mantel hing drinnen neben der Stadeltür. Sie hatte den Schlüssel mit einem Griff. Auch das Holzschild baumelte noch daran.

„Glück und Unglück, nimm es in Ruh,
es geht vorbei, und so auch du".

Der Satz hatte plötzlich eine ganz eigene Bedeutung für Annemi. Sie öffnete die Tür und lief zum Nachbarstadel. Die Frau konnte vielleicht noch dort sein. Sie versuchte die Holztür aufzudrücken. Sie ließ sich nicht bewegen. Der Schlüssel passte auch nicht mehr. Sie versuchte es ein - zweimal, ihn im Schlüsselloch zu drehen, es funktionierte nicht. Die Tür blieb verschlossen. Das Haus sah unbewohnt aus, wie immer. Als wäre die Frau nie da gewesen.

Aber Annemi Jessen hatte noch einen Beweis. Das Foto, das sie vom Grab Anna Anthamattens gemacht hatte. Von diesem Grab hatte die Frau doch gesprochen! Wo das Johannesli zu liegen kommen sollte! Sie fuhr den PC hoch und öffnete das Dokument mit den abgespeicherten Fotos. Ja, da war es, Anna Anthamatten stand darauf, von 1900-1992. Anna Anthamattens Grab existierte tatsächlich, hier war es zu lesen, eingraviert in ein schlichtes Holzschild unter dem Kreuz. Annemi ging zum Friedhof. Es war alles Wirklichkeit gewesen. Sie hatte nicht geträumt.

Aber das Grab war fort. Als hätte es dies nie gegeben. Annemi ging wieder und wieder die Grabreihen ab, wie am Abend zuvor, als sie die Fotos gemacht hatte. Eine Anna Anthamatten fand sie nicht mehr. Die Gräber lagen still und geordnet nebeneinander. Keines fehlte. Annemi steckte die Hände in die Manteltaschen, um sie zu wärmen. Die Wirklichkeit kann manchmal so unwirklich sein. Dann blickte sie sich um.

In der Grabreihe hinter ihr machte sich eine hochgewachsene schlanke Frau an einem Grab zu schaffen, das ein schmuckloses Holzkreuz ohne Namen trug. Sie mochte so um die fünfzig sein. Vielleicht ordnete sie das Grab eines Verwandten. Ob Annemi sie nach der verschwundenen Anna Anthamatten fragen sollte?
Die Frau leerte den Kerzenbehälter mit dem ausgebrannten Plastiktöpfchen und entfernte herausgetropftes rotes Kerzenwachs von der Grabumrandung. Die Schneereste um das Grab herum hatte sie schon weggeschaufelt.

Annemi ging zu ihr hin. „Entschuldigen Sie, kennen Sie ein Grab mit der Aufschrift ‚Anna Anthamatten?', fragte sie, ohne den

Grund ihrer Frage zu verraten. „Ihr Grab müsste hier irgendwo sein!" Sie musste Klarheit haben. Eine Grabstätte konnte nicht einfach so mir-nichts-dir-nichts über Nacht von einem Friedhof verschwinden! „Und wie ist es mit dem Namen Anne-Marie Christen? Haben Sie den schon einmal gehört?"

„Gleich zwei Fragen auf einmal? Ist das nicht ein bisschen zu viel für den Anfang?" sagte die Frau leicht spöttisch und richtete sich auf. Sie sprach mit dem Akzent der hiesigen Dorfbevölkerung.

Eine Einheimische, dachte Annemi erleichtert, sie wird mir sicher Auskunft geben können.

Das Gesicht der Frau sah trotz des spöttischen Tonfalls freundlich aus. „Wie lauten die Namen? Anna Anthamatten? Und der zwei-te? Christen?" Sie machte eine Pause. „Ja", sagte sie dann lang-sam, „ich erinnere mich an die Namen. Ich glaube, hier hat mal ein Grab mit dem Namen Anthamatten existiert. Aber das ist lange her. Sehen Sie, dieser Friedhof ist klein. Die Gräber werden traditionell mehrfach genutzt. Die Toten, die hier noch liegen, sind alle so ungefähr in den letzten fünfzig Jahren hier beerdigt worden. Die älteren hat man ausgegraben, die Holzkreuze ent-fernt und an denselben Stellen neue Grabstätten angelegt. Was man mit den gefundenen Knochen macht und den alte Kreuzen? Ehrlich gesagt bin ich da überfragt. Früher kamen sie in das Bein-haus hinter der Kirche, aber da stehen heute Gerätschaften, die üblicherweise auf einem Friedhof gebraucht werden."

Es hatte also eine Frau namens Anna Anthamatten gegeben. Und ihr Grab. Früher einmal. Nicht gestern!

Je länger die Frau sprach, umso bekannter kam Annemi ihre Stimme vor. Sie hatte diese Stimme schon einmal irgendwo gehört. Das konnte noch nicht lange her sein. Das Gesicht der Frau war ihr völlig fremd.

„Wohnen Sie hier im Ort?" fragte sie. „Ihre Stimme … wir haben schon einmal miteinander gesprochen … , ich bin sicher, dass ich Sie kenne!"

„Ich bin hier die Hexe im Dorf", lachte die Frau. „Mein kleiner Laden steht im oberen Teil des alten Dorfkerns. Ich verkaufe dort esoterische Dinge: Bergkristalle, selbstgemixte Kräutertees, Chakra-Schmuck, Amulette, zum Beispiel auch Pentagramme, esoterische Silber-Armbänder, Statuen, Tarot-Karten und Bücher über Engel, Elfen und Hexen, wie es sich für das magische Wallis gehört. Und in meiner Freizeit bin ich eine wilde Skiläuferin! Ich bin die Nummer 324 der letzten Hexenabfahrt, wenn Ihnen das was sagt!"

Die Frau griff nach einer Einkaufstasche des örtlichen Supermarktes, entnahm ihr einen neuen Plastikbehälter mit Kerze und stellte ihn vor dem Grab auf. Dann verstaute sie die Abfälle in der Tüte und wandte sich zum Gehen um. „Besuchen Sie mich doch mal! Und bringen Sie die Fotos mit. Ich bin nämlich neugierig. Wie viele haben Sie eigentlich von mir geschossen? Zehn? Zwanzig?" Sie lächelte. „Ich muss los. Zu Fuß. Heute habe ich leider keinen Besen dabei!"

Sie ging die Grabreihe entlang. Dann wendete sie sich noch einmal um. „In dem kleinen Schaufenster meines Ladens habe ich unter anderem auch ein besonderes Buch ausgestellt. Das Buch ‚Gully-Marie'. War das nicht der andere Name, nach dem Sie mich fragten? Anne-Marie Christen?" Sie ging die Grabreihen entlang, winkte Annemi noch einmal zu und verschwand dann hinter der Kirche.

Annemi fasste nach der Kette mit dem Blech-Stern in ihrer Anorak-Tasche. Marianne! Ihr Fotomodell! Die Frau war die Hexe von der Hexenabfahrt. Unkostümiert, ungeschminkt. Nur die Stimme war dieselbe!

Plötzlich erschien es Annemi nicht mehr wichtig, wo das Grab von Anna Anthamatten geblieben war und ob sie es tatsächlich gesehen und fotografiert hatte. Ob sie wirklich in der Nacht der Gully-Marie begegnet war. Beide hatten gelebt und waren gestorben, das war sicher. Jeder auf seine Weise. Das allein hatte Bedeutung. Zeiten sind austauschbar, wenn man in einer Nacht zweihundert Jahre überbrückt, wenn die Gegenwart zur Vergangenheit mutiert, in einem einzigen Moment! Zeit - sie ist beweglich, veränderlich, nicht zu fassen, und wenn man trotzdem nach ihr greifen will, sie festzuhalten, ist alles schon wieder vorbei.

Den alten Schlüssel aber besaß Annemi noch. Den Schlüssel zu ihren Geschichten – und das Pentagramm – oder den Drudenfuß. Als Schlusspunkt vielleicht.

LandArt Twingi 2011: ...denn in der Herberge war kein Platz für sie...

Farben des Winters

EISWEISS sind
Himmel Berggipfel Felsgrate,
Die wandernden Eismassen

EISGRAU sind
der Wolkensaum
Und das glitzernd dichte Gewebe
Meines Kleids aus Kristall

EISBLAU ist
das Muster der Sterne
im Wolkenwind

Später im Frühling wird alles
Zu tosendem Wasser im Tal

Mein Engel schläft hinter dem hohen Fels. Er trägt
ein Kleid aus Wolken, Eis und Gestein. Wenn er
ausatmet, knistern tausendfach Eiskristalle. Dann
fallen Schneeflocken auf sein grauweißes Gesicht,
verbergen die Falten und Narben - und das Geröll
der Zeit.

Mein Engel ist uralt. Sein Gefieder ist gefroren.
Er spricht nicht mit mir, betet nicht, breitet nicht
seine Schwingen schützend über mein Haus.
Ein Schutzengel ist er nicht.

Manchmal erwacht er plötzlich
und weint ein bisschen
weil er nicht fortfliegen kann
und nicht wie andere Engel unsterblich ist.
Dann sieht es so aus, als zwinkere er mir
einen Lichtstrahl lang zu.

Ulla Klomp, Interpretation 2014

ERKLÄRUNGEN

Dorfbeiz: Dorfgaststätte

der Jeck: wörtlich ‚der Verrückte', rheinische Bezeichnung für Menschen, die Karneval feiern.

Rollibock: ein unheimliches Fabelwesen, das im **Märjelensee** des Aletsch-Gletschers haust und von dort aus Unwetter, Lawinen, Überschwemmungen und Muren ins Tal schickt, wenn es den Menschen nicht gnädig gesinnt ist.

Maschgini: brave, freundliche Holzmasken

Tschägättä: gruselige Holzmaskenträger in wilden Fellkostümen, ursprünglich aus dem Lötschental

Guggenmusik: wilde Musik durch Blasen auf Kuhhörnern, Gerassel, Trommeln auf Blecheimern und Pfeifen

Trichjier: Spielmannszüge

Mazze: ein aus Wurzelholz geschnitzter furchterregender Kopf eines Unge-heuers, mit dem man früher die verhasste Obrigkeit vertrieb. Man trug den Kopf auf einen langen Stock gespießt durch die Dörfer, die gleichgesinnte Bevölkerung schloss sich der Demonstration an, und jeder schlug zur Bestäti-gung seiner Meinung noch einen dicken Eisennagel in den Kopf. Der Auf-marsch mit einer Mazze bedeutete **großes Unheil**.

Gratzug: Laut alter Walliser Sagen eine lange Prozession betender „armer Seelen" über und durch den großen Alteschgletscher. Verstorbene mussten auf diese Art ihre Sünden büßen, bis sie das Paradies betreten durften. Man sagt, dass von den Gratzügen **ein unheimlicher Sog** ausgehe, der Lebende, die sich ihnen zufällig näherten, so anzögen, so dass diese eine Zeitlang mitgehen müssten.

Das französische Gerichtsurteil von 1824 wurde zitiert aus:

„Gully Marie", Die Geschichte einer Kindsmörderin – von Iris Mengis-Imhasly, 2006, Rottenverlag. Aus diesem Buch hat die Autorin die Informationen über Anne-Marie Christen bezogen.

Die Informationen zur **„Bellwalder Hexe" Margaretha Frantzen** sowie die gekennzeichneten Textzitate zu ihrem Verhör durch Hans Ithen, damals ‚Meier des Zenden Goms', stammen **aus „Bellwald", Herausgeber: Gemeinde und Verkehrsverein Bellwald**, Ostern 1993

Die Fotomontage auf S. 30 ist nach einem Foto der Hochaltar-Madonna (1509) von **Jörg Keller** in der **Marienkirche zu Münster**/Goms entstanden.

Die Kirche ‚Unsere liebe Frau von den sieben Freuden' steht in **Bellwald/Goms**. Bellwald und Eggen sind die (imaginären) Handlungsorte der Erzählungen.

Chakraschmuck: Schmuck mit Ornamenten und Formen aus dem Hinduismus

Ulla Klomp

Aufgewachsen in Bremen/Deutschland, dort Abitur. Studium der Germanistik und Geographie in Köln. Anschließend Schuldienst, u.a. in Kopenhagen/Dänemark. Fachleiterin für das Fach Deutsch als Fremdsprache. Schulbuchautorin im Munksgaard-Verlag, Kopenhagen, und bei Klett, Berlin/Stuttgart (Schulbucharbeit).

Erstes Buch (Lyrik) in der edition suhrkamp. Später Prosa (u.a. Kurzgeschichten und Romane), Veröffentlichungen in zahlreichen Anthologien. Lyrik-Rundfunklesungen: Deutschlandfunk, Radio Bremen, WDR. Ab 1994 auch Literatur für Kinder und Jugendliche im Ueberreuter-Verlag, Wien. Veröffentlichung mehrerer Kinderromane. Mehrere Auszeichnungen, u.a. Arbeitsstipendium des Landes NRW 1994. Zuletzt ‚Writer in Residence‘ 2011 bei artbellwald in Bellwald, Oberwallis, Schweiz.

Mitglied im **Verband deutscher Schriftsteller**, dem **Schweizer Schriftstellerverband AdS**, der europäischen Autorenvereinigung **„DIE KOGGE"** und im **P.E.N.**

Weitere Informationen unter www.ulla-klomp.de